D1995115

Amanecer

Sophie Stein

Amanecer

DIAPHANES

Meiner Familie

Amanecer

EIERSCHALENRISSE

Geschichten formen sich in der Fäulnis der Wolken. Durch das Fenster starren Krähen herein, sie werfen Erde aus dem Blumentopf. Scheinwerferzischen steigt von der regenzerfurchten Straße auf, und die Zimmerwände beginnen sich in stillem Rhythmus zu schälen.

Im Angesicht der Krähenblicke bilde ich mir ein, dass mit jeder Geschichte irgendwo eine Schale rissig wird und etwas Zerzaustes entschlüpft. Dass Zimmerwände sich von Brüchen durchzogen ausdehnen, wölben und unvermeidlich aufplatzen, um den Denkenden zu einer neuen Stufe, innerhalb einer weiteren Eierschale, zu heben.

Als schaumige Blasen hängen die Geschichten an der Innenwand meines Schädels. Dort entstehen sie, wachsen heran, reifen und gleiten mit einem dumpfen Plopp wie mehliges Fallobst zu Boden. Zizababy singt in ihrem Kinderbett. Aus ihrem Mund wachsen gläserne Regenbogenfäden, und ihre Eltern weben silberne Blumen daraus. Es sind liebende Eltern, die sich Tag und Nacht um sie kümmern, sie ernähren und sanft berühren. Schmatzend schlürft das Baby seine Milch im Arm der Mutter. Es schluckt und schnauft und stößt ein lustvolles Stöhnen aus, das Schmerz oder Wut auszudrücken scheint. Dabei lallt es unverständliche Worte und windet sich vor Genuss. Wenig später liegt das schmatzende, summende Baby erneut in einer prallen Fruchtblase aus Wonne, trinkt puren Nektar aus Blütenkelchen und nagt am Mark eines Johannisbrotes.

Danach bin ich eingeschlafen und wieder aufgewacht. Ein Morgen hängt im Staub des Fensterrahmens wie fahle Girlanden, und ich befinde mich auf dem Weg zum Berliner Flughafen, *sur ma route*. In meinem Gehirn zerschmilzt eine Chemikalie, verändert die wahrgenommene Welt, ihr Licht, ihre trübe Konsistenz. Die Silhouetten der Vogelkörper vor dem eisblauen Himmel glühen heller. Plötzlich kann ich durch die windige Seide des Morgens rennen, zwischen Autos und Lastwagen hindurchschlüpfen, um den Bus zu erwischen, und lächeln – an solchen Tagen, an denen ich daran glaube, der Käpt'n meiner Seele zu sein.

Außer Atem und mit geschwollenem Gesicht kann ich durch die zischende Öffnung der Schwingtüren treten, einen Sitzplatz suchend durch den Gang torkeln, während der Bus bereits wieder losgefahren ist und hin und her schwankt. Den Rucksack dann auf den Schoß nehmen, während die anderen mich betrachten, mir ihre Blicke ins Gesicht drücken und der Boden gesprenkelt ist mit Schnipseln aus Hell- und Dunkelgrau.

Beim Erwachen hat ein rhythmisches Geräusch aus meiner Wirbelsäule gedröhnt. Irgendetwas Schwieriges, vielleicht in dem Moment Geträumtes, etwas Zähflüssiges, das ich tun oder sagen musste, das aber bloß unverständlich laut aus meinem Rückgrat schallte. Bis sich schließlich der Ton mit dem Klingeln des Weckers vermischte.

Jetzt, direkt vor mir, bahnt sich durch die raschelnde Menge ein langer, geflochtener Zopf. Er läuft und bahnt, bahnt und drängt, hält stehend inne. Auch ich laufe, mit meinem ratternden Koffer, die Augen geweitet und wie bei einer Kröte vorgedrückt, um alle Schilder und Wegweiser hereinzulassen; und während ich so durch die steilen Hallen und Korridore fliege, blende ich festentschlossen die Dämonen aus, die mir an den Seiten Grimassen schneiden. Ich weiß, dass sie da sind. Sie tanzen in den Augenwinkeln. Doch ich ignoriere sie und laufe stur geradeaus, immer weiter, bis ich am Gate angekommen bin.

Beim Warten auf das Boarding zupfen meine Nagelspitzen kleine Fetzen aus meiner Lippe. Die Wärme meines Atems reagiert mit meiner Haut und erzeugt einen Geruch nach Kaffee und Vanille. Ich nehme ihn auf, sauge mich selbst ein und werde zum Perpetuum Mobile.

Unter dem Flugzeug gleitet der Atlantik dahin. Dehnungsstreifen aus Silber durchziehen seine Haut und flackern im Takt eines anderen Herzschlags als der Rest des Blaus. Es wirkt fast, als sei dort unten die Meeresschale aufgerissen, sodass man in das rohe Fleisch darunter blicken kann. Eine dumpfe Ahnung hat mich beschlichen. Der nagende Eindruck, das Flugzeug nähere sich unaufhaltsam der letzten verbliebenen Insel. Die Brandung rollt auf mich zu und treibt mich in höhergelegene Gegenden, drängt mich mit jedem Schritt in finsterer werdende Wälder.

Das Flugzeug taucht in eine Schicht aus goldenem Dunst. Plötzlich beginnt die Maschine, auf und ab zu hüpfen und zu schwingen wie ein Pendel. Beim Frühstück heute Morgen hat ein Haar im Müsli gelegen. In diesem Moment kommt mir wieder das Gespräch in den Sinn. Hinter meiner Stirn entfaltet die Erinnerung sich unvermittelt, selbstständig, ein pulvriger Schmetterling zwischen meinen Schläfen.

Es war Nachmittag, und durch zwei Fenster fiel zitronengelbes Licht ins Auslandsbüro der Romanistischen Fakultät. Die Haare des Professors lagen an seinem Schädel wie die feuchten Daunen eines frisch geschlüpften Kükens. Auf einmal trübte sich das Licht im Raum wie in einem schmutzigen Aquarium. Die Welt roch plötzlich jünger und an den Rändern leicht verbrannt. Hinter einem kleinen quadratischen Fenster fiel nun bleigrauer Regen. Und eine unbeantwortete Frage hing in der Luft.

Mein Gesicht gegen das Kabinenfenster gepresst, sehe ich den Schneekristallen beim Schmelzen zu. Geriffelte Gänsehaut auf blauweißer Meeresoberfläche.

Auch meine Haut erzittert und zieht sich fröstelnd zusammen, denn dort unten, auf den Wellen, treibt ein weißer Punkt. Eine große Möwe vielleicht oder bloß eine Schaumkrone?

Von der Antwort auf die Frage schien meine Zulassung zum Auslandsprogramm abzuhängen. So viel war mir klar, als Gegenwart und Vergangenheit ineinanderglitten und Identitäten sich zu überlagern begannen – mein eigenes Ich und das andere Ich, das mir so vertraut ist wie eine zeitlebens oft verspürte Emotion oder der grünbewachsene Pfad, der hoch zum Haus meiner Kindheit führt. Also holte ich tief Luft und sagte, an die beiden Männer vom französischen Kultusministerium gewandt: „Son père est sous-chef de la gare."

Ja, der Vater des jungen Soldaten aus Lyon, der mit mir Französisch geübt hatte – Pierre –, war Eisenbahner. Pierre war in der Nähe unserer Wohnung stationiert gewesen und meine Mutter hatte für ihn die Hemden gewaschen und gebügelt. Wie ungewöhnlich es doch war, dass man uns deutschen Studenten überhaupt gestattete, ins Ausland zu gehen, fuhr es mir durch den Kopf. Eine großzügige Geste der Franzosen, die nach dem Ersten Weltkrieg undenkbar gewesen wäre.

Seit dem letzten Krieg waren erst vier Jahre vergangen. Doch diesmal war etwas anders. Seit Kriegsende hatten die Franzosen die Wiedereröffnung der Universität in der ehemaligen Luftwaffenkaserne vorangetrieben und diese auch rasch erreicht. Allen war klar, dass die Feindschaft zwischen den Ländern enden musste.

„Je ne connais pas le fils, mais je connais le père", sagte da unvermutet der linke Fragesteller. Er kannte Pierres Vater? Mit einem leichten, aber vielsagenden Lächeln fügte er hinzu: „Voudriez-vous le revoir?"

Ich konnte mein Glück kaum fassen. Ein unglaublicher Zufall wollte es, dass der Mann Pierres Vater persönlich kannte. Und ob ich Pierre wiedersehen wollte! Damit war ich für das Stipendium zugelassen und würde, für die Dauer eines *année scolaire*, nach Frankreich reisen.

„Meine Damen und Herren, in wenigen Minuten beginnen wir mit unserem Landeanflug auf Nivaria. Wir bitten Sie, sich auf Ihre Plätze zu begeben und sich anzuschnallen."

Die Durchsage des Kabinenpersonals holt mich zurück in die Realität. Eine von trockenen Sträuchern übersäte Erde ist am Fensterrand aufgetaucht. Sie ist durchwebt von braunen Wegschnüren. Wellenkämme brechen sich an schwarzem, scharfkantigem Küstengestein. Sie zerplatzen bei der geringsten Berührung wie schaudernde Früchte, prall gefüllt mit Fruchtfleisch aus gleißendem Schaum.

Ich kenne das Lebensgefühl dieses anderen, aus der Vergangenheit stammenden Ichs, ich kenne die Farben, in denen es denkt. Während der wenigen Sekunden, in denen es mich ausfüllt wie ein Tintentropfen, der in ein Wasserglas fällt und sich unaufhaltsam darin ausbreitet, während es blau durch meine Adern geistert und unsere Gedanken sich miteinander verweben, begrüße ich es freundlich, heiße ich es willkommen zurück in meiner Welt.

Ich muss das malen. Ein Gedanke, der mir wie eine Ohrfeige durch den Kopf rauscht. Als würde der Anblick realer werden, wenn man ihn mit Farben auf ein Stück Leinwand oder einen Fetzen Papier presst, als könnte man somit versichert sein, dass der Moment wirklich stattgefunden hat. Dann das harte Aufsetzen auf der Landebahn. Eine Fanfare ertönt und ich trete, unter einer blendenden Septembersonne, aus dem Flughafengebäude.

Die Fahrt mit dem *guagua* dauert eine gute Stunde, bringt mich vom südlichen Teil der Insel entlang der schroffen Ostküste hinauf in den Norden. Eine Reihe weiter seufzt ein Touristenpärchen über die sich zu lange hinziehende Fahrt. Die beiden sprechen miteinander – wohl um Pausen, die wie Gewitterwolken heraufziehen, zu füllen, um Lücken des Gefühls zu schließen und

Lichtungen in der Konversation zu bepflanzen, offenbar nicht in der Absicht, sich das Ausgesprochene mitzuteilen. Derweil ziehen staubige Schluchten und Ebenen vorüber; mit ihnen Bananenplantagen und landwirtschaftlicher Terrassenbau.

Vor Urzeiten ist der Archipel einem unter Erdplatten verborgenen Magmaherd entstiegen. Er bäumte sich auf und türmte Schichten aus geschmolzenem und wieder erkaltetem Gestein auf, bis er die Oberfläche des Ozeans durchbrach und bald hoch und mächtig über sie hinausragte. Es kommt mir unwirklich vor, dass ich an der *Universidad de La Coralina* studieren werde, auf dem größten von acht Vulkaneilanden, wie erfunden. Weitab von jeder Festlandküste und umgeben von tosendem, schwarzem Wasser. Es klingt fast wie eine weitere Geschichte gegen das Verschwinden.

Mein weit geöffneter Blick bleibt an flatterndem Mumienstoff hängen, der Gewächshäuser mit im Verborgenen gedeihenden Pflanzen verhüllt. Und dann, immer wieder, taucht zwischen den Buckeln und Anhöhen das Meer auf – sein stechend blauer, den Puls für einen Moment ins Stocken bringender Augenaufschlag.

MOTTEN UND EIDECHSEN

Eine Muschel öffnet und schließt sich leise atmend. Ich entsteige, gebückt, durch eine schmale Seitenöffnung dem klickenden und schnaufenden *guagua* und ziehe den Koffer aus seinem Bauch. Wende mich dann, den Griff fest umschlossen haltend und an der Bushaltestelle unter einer Palme und einem fernen Stück Himmel zurückbleibend, der sich ringsum manifestierenden Stadt zu. Erst jetzt scheint sie sich, unter meinem Orientierung suchenden Blick, zu entfalten und in den Himmel zu schrauben. Ein innerer Gärungsprozess lässt Hochhäuser aufquellen und Straßen dampfend Blasen werfen – wogende Netzschäume aus Möglichkeiten. In dieser unbekannten Hefestadt also mache ich mich auf die Suche nach einem Einkaufszentrum, um etwas Essbares und eine Sim-Karte zu finden.

Das Angebot im Supermarkt ähnelt im Großen und Ganzen jenem, das mir aus der Heimat bekannt ist. Es gibt Obst und Gemüse, Dosen, Getränke, Utensilien zur Körperpflege und zur Haushaltsreinigung. Haustierprodukte, Süßigkeiten, Knabberzeug und Backwaren stehen in säuberlich sortierten Reihen. Ganz hinten bieten einige Theken Käse, Wurst, Fisch und Fleisch an.

In einer fünften Theke wuselt und zirpt es lautstark. Insekten und kleinere Lebewesen – roh, gebraten oder gerade noch lebendig – liegen darin zum Verkauf ausgebreitet. Was noch lebt, sind in Folien gewickelte Eidechsen mit apathisch kreiselnden Schwänzen. Außerdem Heuschrecken, die zornig an mit Luftlöchern versehenen Boxen kratzen und deren Hinterläufe vergeblich ihre verklebten Flügel zu säubern versuchen. In einer Brühe, von der auf Wunsch Portionen abgeschöpft werden, zappeln fette Käfer mit irisierenden Panzern. Jedes Mal, wenn die beschürzte Verkäuferin die Kelle zurücklegt, wandert der Griff mit einem reibenden Geräusch am Rand des Topfes entlang.

Eindeutig tot sind hingegen die Frösche und Fuchsohren auf dampfendem Eis, die metallisch schimmernden Fleischstücke und mehrere Pfoten mit schwarzem Fell. Auch verschiedene glänzende Pasteten und blutige Würste regen sich nicht. Die Geräusche der noch Lebenden jedoch steigen als schwirrender Klangnebel über der gläsernen Theke auf, verdichten sich zu einer schrillen Musik, einem Gefangenenchor, der durch die Regalreihen weht und den Kunden an die Kehle springt. Wie ein unsichtbarer Dampf drückt er sich bis zu den automatischen Türen und weiter nach draußen, wo er sich mit dem Wind und dem lärmenden Licht vermischt.

Um hinauf in die kälteren Höhen der Universitätsstadt und zu meiner Bleibe für die kommende Nacht zu gelangen, steige ich in ein Taxi. Ein milder, nieselnder Frühlingsregen hat eingesetzt und benetzt die Windschutzscheibe mit einem Schleier funkelnder Tropfen, die zu klein und durchsichtig sind, als dass es sich lohnen würde, den Scheibenwischer anzuschalten. Dem Auto haftet ein Aroma von Pfeffer und Zimt an.

„Woher kommst du?“ Blechern schallt die Stimme des Fahrers, wie aus einem Brunnenschacht, zu mir herauf.

„Aus Deutschland. Ich habe in Berlin gewohnt.“ Ich rede schnell, verschlucke fast die Silben.

„Ah, *muy bien*. Ich kenne Frankfurt. Machst du hier Urlaub?“

„Nein. Ein Auslandsjahr an der *Universidad de La Coralina*.“

Er nickt und erzählt mir, wie er mit acht Jahren von Venezuela hierherkam. Sozusagen sei er Nivarianer. Spanische Philologie und Literatur habe er hier studiert. Er klopft auf das Lenkrad.

„Aber mir gefällt meine Arbeit.“

Vieles vom Studium habe er bereits vergessen, erzählt er. Und am Feierabend, nach zwölf oder dreizehn Stunden Taxifahren, bliebe ihm oft keine Kraft mehr, um noch ein Buch in die Hand zu nehmen.

„Si tuviese yo las telas bordadas del cielo...“, zitiert er, mit einer ausschwenkenden Armbewegung in Richtung Himmel, Yeats auf Spanisch. Um zu verdeutlichen, was mit *telas* gemeint ist, zupft er an seinem Pulloverärmel und tippt auf meine Jacke. Das lyrische Ich sei zu arm, um seiner Geliebten die von goldenem und silbernem Licht durchwebten Himmelstücher zu schenken, erklärt er. Nur seine Träume könne es unter ihr ausbreiten, und es bitte daher seine Geliebte, behutsam aufzutreten. Immerhin wandele sie auf seinen Träumen. Ich notiere mir den Namen des Gedichts auf der Rückseite eines alten Kassenzettels. Dann steige ich aus, das Taxi wendet und fort sind der Mann und seine Gedichte.

„Bienvenida“, sagt im Türrahmen stehend die junge Studentin. „Du musst Aziza sein.“

Ihre Augen sitzen wie Kohlenstücke über ihren Wangen und nähren ein lautloses Feuer. Sie betrachten mich sorgfältig. Auch in ihrer Stimme schwingt dieser kaum merkliche Hall mit; tönender bei ihr, weniger erstickt, als käme er nicht von tief unten heraufgekräuselt – aus einer Tropfsteinhöhle oder einem steinernen Schacht –, sondern aus großer Höhe herabgefallen. Aus den nachtgrauen, mit ihren Bäuchen über die Dächer der Stadt schabenden Wolken vielleicht.

Lyras Gesicht signalisiert eine ehrliche Freundlichkeit, mit einem Hauch von verhaltener Kühle darüber, so, wie wenn im Herbst die Luft kälter wird, der Boden und die Seen und das Mark der Bäume aber noch die Wärme des Sommers in sich tragen. Im nächsten Moment macht sie eine eigenartig vertrauliche Geste und wischt mit der Seite ihres Handballens einen Film Regentropfen von meiner Stirn.

„Komm herein", sagt sie mit einem Lächeln, drückt mir, wie aus einem Tagtraum gerissen, zwei Küsse auf mein erhitztes Gesicht und zieht mich ins Innere eines warm beleuchteten Wohnzimmers. Mit einem Ruck schließt sie die Tür und lehnt sich mit Schwung dagegen, bis das Schloss leise einschnappt.

„Wie war deine Reise?" Ihre Stimme hat etwas Abwesendes, Fernes angenommen. Als würde eine Farbe in der Palette fehlen. „Konntest du im Flugzeug schlafen?"

Ich schüttele den Kopf. „Ich habe viel aus dem Fenster geguckt."

Hinter einem Bambusperlenvorhang erspähe ich einen Balkon. Davor, zwischen zwei Sofas, auf denen sich bunt zusammengewürfelte Decken und Kissen häufen, steht eine Rosenquarzlampe auf einem niedrigen Tisch aus blassem Holz. Lyra nimmt mir die Jacke ab und hängt sie an die Garderobe.

„Stell die Sachen einfach irgendwo ab. Du bist im Süden gelandet, stimmt's?"

Ich nicke. „Danke noch mal, dass du mich bei dir aufnimmst."

Sie winkt ab. „*No te preocupes, chica*. Das ist wirklich kein Problem.“

Während ich den Koffer abstelle und meine restlichen Sachen über einen Stuhl lege, ist sie wieder im Innern der Wohnung verschwunden. Nun ruft sie mich von einem anderen Zimmer aus.

„Wir bereiten Gazpacho zu! Magst du mitmachen?“

„Lassen wir sie doch erst mal ankommen“, schlägt eine andere Stimme vor, aus derselben Richtung.

Ich folge dem Band der Stimmen durch den schmalen Flur und nach links in eine hell erleuchtete Küche. Hinter einem Tresen sitzt Lyra auf einem Barhocker. Sie ist über ein Schneidbrett voll dunkel glänzender Tomaten gebeugt. Hinter ihr, am Herd, zieht ein etwa gleichaltriger Mann mit raschen Bewegungen einen hölzernen Spatel durch eine Pfanne, in der grüne Minipaprikas brutzeln. Er trägt eine altmodische, bunt gestreifte Kochschürze. Seine Augen sind in Konzentration nach unten gerichtet.

Wie süße Galle steigt etwas in meinem Hals auf und verteilt sich sirupartig unter meiner Zunge. Dunkel und bedrohlich flattert es durch den Raum wie ein Schwarm aufgescheuchter Motten. Gleichzeitig graben sich schmerzhafte Fäuste aus Abneigung und Entsetzen in meinen Magen. Der Mann hat den Holzspatel zur Seite gelegt und wischt sich die Hände an der Schürze ab.

„*Hola, qué tal?* Ich heiße Lázaro.“ Sein flüchtiger Begrüßungskuss hinterlässt ein unangenehmes Brennen auf meinen Wangen.

„Das ist mein Bruder“, ergänzt Lyra.

Eine mehlige Taubheit drückt mir von hinten ins Gesicht. Eine Verbindung ist durchtrennt, eine essentielle Sehne – und unendliche Müdigkeit senkt sich auf mich herab. Es ist diese uralte Angst, verbunden mit Erinnerungen an eine Albtraumphase meiner Kindheit: Die Furcht, meine Lider könnten zu schwer zum Offenhalten werden und meine Augen gleichsam verkleben. Die wilde Befürchtung, hier und jetzt, mitten im Gespräch, vor Erschöpfung zu erblinden. Das Perlmutt von Lázaros Augen jedoch bleibt geschmolzen und offen, durchgehend. Es driftet nicht ab, es erkaltet nicht.

„Wir haben hier Tomaten, Gurken, Paprika. Was noch? Knoblauch und ein paar Zwiebeln. Es muss alles püriert werden.“ Lyra drückt mir einen Stabmixer in die Hand. Noch immer flüstert das Perlmutt an den Rändern meiner Wahrnehmung. Später, später in der Nacht, wenn ich allein bin, wird das Chaos ungestört hinter meinen geschlossenen Lidern hervorquellen, wird eine Flüssigkeit so schwarz wie Teer aus einem Paar schlafender Augen treten.

DIE KARAWANE

In dem schmalen, hohen Gefäß verwandeln sich die Zutaten in rotgrünen Brei. Wir schneiden das restliche Gemüse klein und naschen von den öligen und mit grobem Salz bestreuten Schoten. Lázaro schmeckt die Suppe mit Salz, Pfeffer und Chili ab und verziert sie mit goldbraun gebratenen Croutons und Gemüsestücken.

Während wir gegessen haben, ist die Außentemperatur drastisch gesunken. Lyra befüllt zwei Wärmflaschen mit kochendem Wasser und reicht mir eine, damit ich meine Füße wärmen kann. Um meine Schultern legt sie eine Wolldecke und Lázaro rückt den orangeglühenden Heizstrahler in meine Nähe. Vor der Balkontür, in der sich die Rosenquarzlampe spiegelt, wirbeln jetzt Schneeflocken.

„Tut mir leid, die Häuser hier haben keine Heizung“, sagt Lyra und schiebt die Wärmflasche unter ihren Wollpullover.

„Wie ist es möglich, dass es schneit?“, frage ich. „Heute Mittag war es noch so heiß.“

„Mikroklima“, erwidert sie achselzuckend und wirft ihrem Bruder einen ratlosen Blick zu.

Wir räumen ab und spülen die Teller. Beim Zähneputzen fallen mir die Augen zu und es gelingt mir gerade noch, mich schwankend auszuziehen und in die Jogginghose und ein weites T-Shirt zu schlüpfen. Nur ein leichtes Prickeln in den tieferliegenden Hautschichten meiner Wangen ist noch spürbar.

Das Fauchen des Inselwindes beschwört die Stürme der Vergangenheit herauf. Während ich mich in dem fremden Bett einrichte, verwandelt er sich in das Heulen vor den Fensterläden meines Kinderzimmers, in das Kratzen der Fichtenzweige gegen die Hauswand bei Nacht und das stumpfsinnige Klagen des Käuzchens in den Wipfeln der großen Tannen.

Ich bin schon halb eingeschlafen, als mein Körper erneut wie ein Geysir in die Höhe drängt und mir das dringende Bedürfnis vermittelt, aufzustehen und ans Fenster zu treten. Ich schlage die Decke zurück und schiebe meinen Körper an den Rand der Matratze. Meine Füße schrecken vor der Kälte des Bodens zurück, sie schnappt nach meinen Zehen. Dann aber tragen sie mich sanft zum Fenster.

Mit jeder Zelle nehme ich nun das Gewicht der Wohnungen wahr, den Tonnendruck ihrer Zementplatten und der Möbelstücke und Menschen, die sich über meinem Kopf stapeln. In meinem milchigen Blick spiegelt sich die vor Kälte schwarz und weiß verdichtete, schneewirbelnde Mitternacht. Ein Gespenst aus Rauch und Wind und Eis und Stille. Lange Zeit sind das Wippen der schneeverkrusteten Palmen und das Schaudern ihrer Ananaskörper entlang der ausgestorbenen Allee die einzige Bewegung.

Da entdecken meine blinzelnden Augen die Karawane. Stumm, aus westlicher Richtung, nähert sich ein Dutzend grauer Silhouetten. Im Schatten der knirschenden Dattelpalmen und mit gleichmäßigen Schritten durchschreiten sie die Straße, einige von ihnen in lange Gewänder gehüllt, mit denen sie Furchen durch den Neuschnee ziehen, andere in gewöhnlichen Anoraks und modernen Winterjacken steckend. In ihren Haaren und auf den Mützen über ihren gesenkten Köpfen zappeln Schneeflocken. Das Blut in meiner Halsschlagader hat im Rhythmus der Stimmen von der anderen Seite der Erde zu singen begonnen.

Rückwärts lasse ich mich ins Bett fallen und verschließe mit der Decke Hals, Augen und Ohren. Nur ein Schlitz zum Atmen soll offenbleiben. Eine bedrohliche Energie ist in das Zimmer eingedrungen. Als ich die Decke wieder ein wenig anhebe, bemerke ich an der gegenüberliegenden Seite des Zimmers, auf dem Boden vor dem Kleiderschrank, eine ungewöhnliche Tiefe im Schatten des Stuhls. Da ist eine Schwärze, dunkler als die Abwesenheit von Licht, und während ich das Loch länger und länger betrachte, macht sich darin ein klaffendes, von einem zuckenden Kreis umgebenes Auge zu schaffen, das mir langsam, quälend langsam, seinen wimpernlosen Blick zuwendet.

Noch in den letzten Sekunden des Wachseins schwebend, nehme ich wahr, wie sich schnatternde Wesen zwischen meine Gedanken drängen, und Menschen in Blasen sich Unhörbares zurufen – dann vergesse ich alles, was soeben geschehen ist.

Aus der Asche des Tages steigt die Zeit meiner Kindheit auf, neu und frisch, wenn auch zerfasert in verworrene Anordnungen und Geflechte zerfließender Aquarelllichter. Eine Kindheit, deren Bewohner ich mal als einen süßlich-phlegmatischen Molkengeruch erinnere – herüberwehend aus den Weiten eines Ehebetts, auf dessen linker Seite meine Mutter schlief – mal als eine samtene, in der Sonne gereifte und mit zartem Flaum überzogene Stimme, von der anderen Seite herübermurmelnd: Almas Stimme, die sich leitend, schützend oder einhüllend über uns erheben konnte.

Auch in Form blaubrauner Farbkleckse in einem Schrebergarten, die ich von einem Baum aus erblickte – ein Gärtner –, tauchen die Wesen, die diese Zeit bevölkerten, in meinem Gedächtnis auf. Nicht zuletzt besteht die visuelle Spur, die eine ihrer zentralsten Figuren in mir hinterlassen hat, in einigen rautenförmigen Hautzellen auf einer bleichen Kinderhand, die meiner Schwester Yaela, Baby Moon, gehörte.

Es ist sonderbar, aber eher denke ich an Personen aus der Vergangenheit auf diese Weise als in ihrer eigentlichen menschlichen Form. Wäre es möglich, meinen Schädel zu öffnen – ihn aufzusägen und einen Blick in die Windungen meines Gedächtnisses zu werfen –, würde man dort anstelle eines kohärenten Bildes nur gesichtslose Geister und unzusammenhängende Assoziationen umherhuschend vorfinden.

Greifbarer als meine Erinnerungen an die Menschen erscheinen mir jene an die Orte meiner Kindheit. Unser Haus stand auf einer buckligen, von Eiben und Vogelbeeren bewachsenen Anhöhe; ringsherum wucherte die Wildnis. Es gab ein kleines Meer von der Größe eines Schulteichs, mit Salzfröschen, Molchen und Blasen schleimigen Laichs. Mitten auf einem Blumenhügel lag dieses kleine Meer, im Schatten eines Birkenwäldchens, und seine an die Ufer schwappenden Gezeiten waren salzgetränkt und ohne jede Spiegelung. Ganz in der Nähe klafften Grotten in einer steilen Felswand. Und wenn man noch weiterlief, in Richtung Obstwiese, fand man sich in einem Irrgarten aus glatt geschliffenen Eiszeitbrocken wieder, die, größer noch als das Haus, durch das Blätterdach in den Himmel einbrachen.

Das Präriegras schien beseelt zu sein: Wie ein einziger fedriger Organismus wogten die kopfhohen Halme unter dem Gewicht der Heuschrecken, die sich hoffnungslos in den Nestern schwarzgelb gestreifter Spinnen verfingen. Birnbäume mit aufgesprungener Rinde, Stachelbeeren und Wespen, die über gärenden Äpfeln im Gras summten, existierten neben schwitzenden Ponys hinter elektrischen Zäunen, die ich unterschlüpfte, um ihre rauen und fettigen Mähnen zu streicheln. Der von Brombeeren zugewachsene Wohnwagen neben dem

Kornfeld befand sich nicht weit entfernt von den Bahngleisen und einem sumpfigen Bach. Die Ruine – ein morsches Bahnhofsgebäude mit halb eingesunkenem Fußboden und einem feuchtkalten Keller – markierte auch die Haltestelle, von der mich an Wochentagen dreizehn Jahre lang um acht Uhr morgens ein Bus abholte und in die nächstgelegene Stadt zur Schule brachte. Doch am Ende dieser Tage, an denen ich den Geschmack der je nach Wetter und Jahreszeit krümeligen, knirschenden, vereisten oder glitschigen Erde auf der Zunge mit mir herumtrug, musste ich stets in die Schatten des Hauses zurückkehren, wo meine Mutter, Alma und Baby Moon auf mich warteten.

DER BAUMGOTT

Mein aufgefächertes Ich verdichtet sich zögerlich, bündelt sich aufs Neue wie das Licht eines Prismas. Mit geschlossenen Augen rieche ich, wie durch das Glas die erste Tageshelligkeit hereingeflossen kommt. Sie lässt die Gegenstände auf dieser Seite des Fensters mehrdimensional und lebendig, mit einem abgründigen, pochenden Bewusstsein aufgeladen leuchten. Das Keuchen der ersten *tranvías*, die sich durch die Straßen hieven, wächst wie Venen aus sonnengelbem Licht von meinen Ohren bis zu den Fußsohlen.

Bin ich wirklich hier? Auf Nivaria? An einem Ort, den ich mir seit so langer Zeit vorgestellt habe, dass er sich schon fast wie ein Teil von mir anfühlt? Ein Druckgefühl im Rücken lässt mich den Oberkörper von der Matratze heben und unter mich blicken. Aus dem Laken blinkt mir die Spitze eines Küchenmessers entgegen. Vorsichtig ziehe ich es heraus, ertaste dann ein Stück weiter ein Brotmesser, das auf die gleiche Art in der Matratzenfüllung steckt. An der wellenförmig geschliffenen Klinge, die senkrecht nach oben zeigt, trocknet eine braune Schokoladenspur.

Ich höre ein hohes Kichern und schaue auf. Augenblicklich wird meine Aufmerksamkeit von einem schwarzen Strand eingenommen, der in einen Bilderrahmen eingefasst die Wand ziert. Zwei kleine Kinder spielen darin, ein Junge und ein Mädchen. Ihr Lachen wird vom Wind davongetragen und verdampft heiß über dem Lavasand, nur um weiter in der Ferne, im Glitzern der Wellen, erneut aufzutauchen.

Ich mustere erst den Stuhl neben dem Kleiderschrank, dann betrachte ich die vollen Bücherregale. Auf einer Ablage stehen mehrere dicke Ordner, die mit Aufschriften versehen sind: „Pflanzenkunde", „Mythenlehre", „Das Würdige Gefäß".

Über dem Kopfende des Bettes befindet sich eine Korkplatte. Sie dient als Pinnwand für eine Unmenge verschiedenförmiger Zettel, auf denen kurze Gedichte geschrieben stehen. *An den Wassern von Babylon,* von Ernesto Cardenal, wurde auf rosa Löschpapier mit unregelmäßig abgerissenen Rändern notiert, in einer sich vor und zurück neigenden Kugelschreiberschrift. Ich kann nicht sagen, wo oder wann, aber es kommt mir vor, als hätte ich die Worte schon einmal vernommen:

An den Wassern von Babylon
sitzen wir und weinen,
wenn wir an Zion denken.
Wir sehen die Wolkenkratzer von Babylon,
die Lichter, die sich im Wasser spiegeln,
die Lichter der Nachtklubs und der Bars von Babylon.
Wir hören ihre Musik –
und weinen.

An die Weidenbäume am Ufer
haben wir unsere Zithern gehängt,
an die Trauerweiden –
und wir weinen.

Einem Teil von mir kommt dieses Gedicht vertraut vor. Als zartes Hintergrundtröpfeln hat es meine Berliner Tage ausgehöhlt und ist unbemerkt in mein Bewusstsein eingedrungen. Die Worte strömten aus der Stimme der Einsamkeit selbst – man kann sie in jeder größeren Stadt vernehmen. Und nun lese ich sie hier erneut, in einem fremden Zimmer an eine Korkwand gepinnt.

Widerstrebend, als müsste ich sie mir schmerzhaft von der Haut schälen, schlage ich die schlafwarme Decke zurück. Neben dem Schreibtisch halte ich noch einmal inne. Notizhefte, Schnellhefter, lose Papiere und Bücher liegen darauf verteilt. Mit der gleichen wilden, hin und her fliegenden Handschrift wurde ein kurzer Text in ein aufgeschlagenes Notizbuch notiert. Der Text besitzt weder Titel noch Verfasserangabe:

Ich trage einen Schatz in mir, der immer wieder aufs Neue gefunden werden muss. Wimpern des Staunens sollen meinen Körper zum Glitzern bringen. Zitternde Kuppen die endlosen Konturen meines Ertrinkens nachfahren, als hätten sie nie zuvor gefühlt.
Ich will diese Grenzenlosigkeit des Ichs, des reinen Seins. Dieser helle Punkt inmitten des Glühens, der will ich sein, wo die Zeit stillsteht und alle Menschen sich in einem großen Traum begegnen, in einem einzigen kosmischen Seufzer atmen und sich zur Bestimmung ihres Lebens verweben.

Erschrocken trete ich vom Schreibtisch weg. Ein Blick auf die erste Seite des Buchs bestätigt meine Befürchtung: *Notizen von L. L. M.*

Eilig verlasse ich das Zimmer. In der Küche sind die lauten Farben von gestern in ihre alte Ursprünglichkeit gewichen. Blass und beschädigt, vielleicht in ihrer wahren Form, zeigen sie sich zu dieser Stunde. Unter dem dünnen T-Shirt zieht sich meine Haut zusammen.

Ein Knacken in meinem Rücken lässt mich herumfahren. Im Türrahmen steht Lázaro, in einem dunkelgrünen Mantel und Wanderschuhen, einen Rucksack über der Schulter. An seinem Bein taucht eine bleigraue Katze auf.

„Guten Morgen. Hast du gut geschlafen?", fragt die Katze.

Lázaro hält ein Glas unter die Pumpe, die seitlich an einem Wasserbehälter aus Plastik befestigt ist. Luftblasen gurgeln ins Innere des Behälters und das Geräusch vermischt sich mit dem blauen Ton des Morgens, der an den Stühlen, dem Tresen und der Kochnische haftet. Er reicht mir das Glas.

„Wohin gehst du?", frage ich.

„Ich treffe ein paar Freunde. Wir wollen wandern gehen. Die Berge sind schön um diese Uhrzeit."

„Es ist bestimmt sehr friedlich jetzt dort oben."

„Ja, friedlich auf eine gewisse Art. Die Energie ist heller. Das Licht und die Luft sind dichter."

„Als würde ein Teil des Universums noch schlafen?"

Er nickt, lächelnd. „Und wäre noch nicht wachsam genug, um seine Geheimnisse zu verbergen."

Die Stille brandet auf und ab. War da ein Klopfen an der Wohnungstür oder habe ich mir das eingebildet? Plötzlich allein in der Küche, spüre ich die Kälte der Fliesen an meinen nackten Fersen hochkriechen. Habe ich eben mit Lázaro gesprochen? Über wachsame Berge? Oder war das gestern? Das mich umgebende Blau wallt dichter und dunkler, angereichert mit drohendem Tag. Schläfrigkeit wogt über meine Schultern und Arme, lässt mich an das Dunkel unter der Bettdecke denken.

„Möchtest du mitkommen?", fragt da Lázaro. Er steht wieder in der Küche.

„Auf die Wanderung?"

Ein Nicken. „Die anderen warten unten."

„Kommt Lyra mit?"

„Nein. Sie schläft noch."

Die Messerschneide des Morgens greift nach meinem Hals. Bereits verknüpft sich das Flüstern der Autoreifen auf dem Asphalt mit meinem Verstand wie ein festes Band, fixiert und beatmet ihn. Es ist ja bereits entschieden.

„Ja, warum nicht“, sage ich und steige ins Auto.

Über die *Autopista* fahren wir in Richtung Norden, wo das Anaga-Gebirge wie ein bemooster Schildkrötenbuckel aufragt. Der Dunsthimmel über den schläfrig geöffneten Fenstern duftet frisch und kühl, verspricht in einen sommerlichen Vormittag auszuwachsen. Auf Lázaros Schoß unter dem Lenkrad schlummert Aceituna, die graue Katze.

Neben mir auf der Rückbank sitzt ein Junge namens Pacorro, der verschlafen auf den Bildschirm seines Handys starrt. Ein Mädchen mit Dreadlocks auf dem Beifahrersitz hat sich als Isabel vorgestellt. Die kleine glitschige Kreatur, die zusammengekauert vor mir hockt, läuft gelb an und grinst euphorisch.

„Bist du zum ersten Mal auf Nivaria?“

Isabel hat sich zu mir umgedreht. Etwas in ihren Augen ist durchdringend und beweglich zugleich. Ihre Hände zupfen an den Nähten des Autositzes.

„Ja. Ich verbringe zwei Auslandssemester hier.“

Ihre Pupillen haben sich geweitet. Ich strecke die Hand aus und berühre sanft ihre Wange. Im nächsten Moment blinzelt sie und entzieht sich meinem Blick.

Auf einer kurvigen Landstraße gewinnen wir rasch an Höhe. An einer Seite zeigt sich das Erdreich nackt in einem senkrechten Querschnitt, Wurzeln und vorspringende Felsbrocken entblößend, an der anderen fällt der Hang jäh nach unten ab und wird von einem schattenzerfressenen Dschungel verschluckt. Baumdächer öffnen und schließen sich wie Kiemen.

„Wo genau gehen wir wandern?“, frage ich.

Das Zögern im Auto währt weniger als zwei Sekunden. Doch mir ist, als würde etwas Unsichtbares von einem zum anderen gereicht.

„Wir fahren aufs Geratewohl in die Natur“, erwidert Lázaro. „Es gibt keinen konkreten Plan.“

Isabel hat wieder begonnen, mit ihrer Halskette zu spielen, einem Skarabäus aus Bernstein, den sie an einer seidenen Schnur hin- und hergleiten lässt.

„Macht ihr das öfters?", frage ich.

„Hin und wieder."

„Immer so früh am Morgen?"

„Meistens."

Mein Blick flackert nach draußen, in die Schatten zwischen den Bäumen. Gleitet über triefende Pilze, Flechten und Moosbeläge. Zäher, zuckender Nebel hängt im Geäst wie eine Plastiktüte in den Baumwipfeln irgendeiner Großstadt.

In einer Haltebucht neben der Straße parken wir. Eine Weile folgen wir zu Fuß der Straße, Aceituna in einem Rucksack mit Netzfenstern auf Lázaros Rücken, bis sich eine Lücke im Dickicht auftut. Einer nach dem anderen tauchen wir in den Wald ein. Schweigend, von Rascheln und Tröpfeln begleitet, folgen wir einem steilen Wurzelpfad, bis wir einen *Mirador* erreichen. Unter uns, zwischen von Fönwinden angepeitschten Dampfschleiern, flattert eine tibetische Gebetsfahnengirlande. In diesem Moment ist mir, als stiege ein anderer Wald aus dem Nebel auf. Der Ahornwald aus meinen Träumen. Es scheint, als streiften schlanke und dunkle Stämme meine Schläfen, die gezackten Profile von Ahornblättern hinter sich herziehend. Etwas Goldenes schält sich aus dem Blätterdach meiner Haare, und die ganze Erscheinung ist mitten in der Bewegung erstarrt.

Paco zieht mich von dem inneren Bild weg, indem er mich auf die unterschiedlichen Farnarten aufmerksam macht: er deutet auf Adlerfarn, Wurmfarn und Schwarzfarn. Außerdem weist er mich auf invasive Pflanzen hin, die das Ökosystem der Insel bedrohen, Brombeeren und Eukalyptus und *Rabo de Gato*. Wir schnuppern an Kampfer und kauen auf wildem Fenchel. Ganz kurz schwebt ein Adler zwischen den Baumkronen.

Abseits des Weges steige ich einen Hang hinab. In der Mulde liegt ein Bach versteckt, beschattet von Wurzelgebilden und mit einer Schicht aus roten Lorbeerblättern bedeckt. Riesige schwarze Stämme liegen umgestürzt im Wasser. Auf der gegenüberliegenden Seite strömt Quellwasser über eine Felswand und ringsum zucken zitronenfarbene Schmetterlinge in der Luft.

Ich klettere den Hang wieder hoch und wir setzen unsere Wanderung fort. Bald ragen erneut Nadelbäume wie stille Geister über unseren Köpfen auf. Wir bewegen uns auf einem fremden Planeten mit exotischen Vögeln, die mit ihren eigenen Echos singen. Nur in der Ferne erinnern Bergdörfer und Ziegen daran, dass wir nicht die letzten Menschen auf der Erde sind. Zedern und Erikabäume treiben aus unseren Augenwinkeln. Dann, plötzlich, verliert der Wald an Kraft und Farbe. Ächzend und verletzt wellt er sich dahin und mündet, im Zentrum seiner Zerstörung, in einen verkohlten Baumgott.

EIN GELBES BLATT

„Warum ist der Stamm gespalten?"

Paco zuckt mit den Schultern. „Wurde wahrscheinlich vor vielen Jahren mal von einem Blitz getroffen."

Der mächtige Körper des Baumgottes ist entzweigerissen. Wie Schlangen umwinden sich die beiden Stammhälften, die seit der Spaltung offenbar weitergewachsen sind – zwei wulstige Leiber, die an manchen Stellen zu einem einzigen Stück Holz verschmelzen und an anderen spiralförmige Zwischenräume offen lassen. In den Lücken flimmert es eigenartig.

„Vor kurzem hat es hier gebrannt." Lázaro hat den Rucksack mit Aceituna abgesetzt und den Reißverschluss eines der Netzfenster geöffnet. „Nicht besonders schlimm. Aber das Feuer hat der Vegetation in einem Umkreis von ein, zwei Kilometern schwer zugesetzt."

„Wie kommt es, dass der Baum nach so einer starken Verletzung weiterwachsen kann?", murmele ich mehr zu mir selbst.

„Diese Kiefernart ist der Phönix unter den Pflanzen", sagt Paco und berührt die winzigen Nadeln, die frisch und weich, wie hellgrüne Tropfen, aus der verbrannten Rinde sprießen. Der ganze Baum ist davon übersät. „Ihre Rinde enthält ein feuerbeständiges Harz, das sie vor dem Verbrennen schützt. Stattdessen bildet sie eine Kruste, siehst du? Sie ist perfekt an ihren vulkanischen Lebensraum angepasst. Bestimmt ist sie an die dreihundert Jahre alt. Sie muss so vieles erlebt haben. So viel Weltgeschichte ist an ihr vorübergezogen und sie... steht die ganze Zeit nur friedlich da, kondensiert Wasser aus der Luft und speist es wieder in den Boden ein, wie eine stillende Mutter. Sie hat sogar noch den letzten Vulkanausbruch hier auf der Insel mitbekommen."

„Wann war das?"

„1909. Am Chinyero, einem Hang im Nordwesten."

In den Borkenfenstern flimmert das merkwürdige Licht, nasser Sauerstoff. Sonnenfunken, die sich in Staubkörnern verfangen, ein schillernder Ölfilm auf einer zitternden Pfütze aus Luft. Und ich kann meinen Blick nicht abwenden.

„Ist es nicht unglaublich, in einer Welt mit Bäumen zu leben?", schwärmt Paco weiter. „Wir wohnen zusammen mit diesen faszinierenden Wesen auf einem Felsbrocken im Weltall."

„Und sie sind nicht einmal die faszinierendsten von allen", fügt Lázaro hinzu.

In der Kindheit hat es diesen hellen Fleck gegeben, der entstand, wenn man bei geschlossenen Lidern einen Finger seitlich gegen den Augapfel presste. Dem Druckpunkt gegenüber erschien dann ein von einem roten Glühen umrandetes zweites Auge. Ein visueller Eindruck, mechanisch ausgelöst. Ich frage mich, ob das Flimmern zwischen den beiden Stammhälften damit vergleichbar ist. Ob diese tanzenden Luftveränderungen möglicherweise den Geisterwesen in den Holzmustern unserer Wohnzimmertür entsprechen und den knisternden blauen Blitzen, die entstanden, wenn man nachts die Bettdecke über das Fell des Teddybären zog.

Ich nicke in Richtung von Aceituna, die an der verkohlten Rinde des Baumgottes hochgesprungen ist und jetzt wie eine Fledermaus an seinem Stamm klebt.

„Habt ihr keine Angst, dass sie wegläuft?“

Paco schüttelt den Kopf. „Sie hat die Möglichkeit dazu. Sie ist frei. Trotzdem glaube ich nicht, dass sie es tun wird.“

Meine Hände umschließen einen Ast auf Höhe meiner Schulter. Aceituna hat sich in eine Gabelung gehockt wie eine brütende Henne. Probeweise hänge ich mein Gewicht an den Ast und setze einen Fuß an den Stamm. Ich verlagere mein Gewicht von den Beinen auf die Arme und ziehe mich langsam nach oben. Die anderen betrachten mich stumm. Entschlossen klettere ich höher, greife nach Astgabeln, drücke mich ab und ziehe meinen Körper höher.

Dann befinde ich mich auf Augenhöhe mit der ersten Stammspalte. Kaum breiter als der Kopf eines Neugeborenen, bildet sie unten eine Kuhle, in der sich wie in einer Suppenschüssel Regenwasser und Kiefernnadeln gesammelt haben. Darüber spannt sich ein weißes Spinnennetz. Tautropfen und Fliegen haben sich in den Fäden verfangen. Reglos und im Zentrum des klebrigen Geflechts hockt, mir ihre Unterseite zukehrend, eine verknorpelte alte Spinne.

Ihre gebogenen Mundwerkzeuge sind mit winzigen Härchen bedeckt. Der weiche Hinterleib ruht wie ein Wachtelei zwischen den fühlerartig abgespreizten Beinen. Ich lehne mich weiter vor. In unveränderter Position kauert das Tier in seiner Konstruktion aus Fäden. Plötzlich fährt ein Windhauch in das Netz und bringt den kleinen Körper darin zum Schwanken. Obwohl ich auf meiner Haut keine Luftbewegung wahrnehme, rudern die kleinen Vorderbeine in kreisenden Bewegungen durch die Luft, und, als fröstelte sie, zieht die Spinne ihre Beine an und rollt sich zu einem haarigen Ball zusammen.

„Ich möchte meinen Verstand trainieren, ungeklärte Dinge nicht einfach abzutun und zu vergessen, sondern ihnen nachzugehen", rufe ich zu den anderen herunter.

Man geht ihnen nicht nach, diesen Phänomenen, füge ich im Kopf hinzu. Man akzeptiert ihre Existenz und vergisst sie sogar. Als Kind war man neu auf der Welt und erforschte sie noch mit höchster Aufmerksamkeit. Es waren scheinbar gewöhnliche Dinge, wie die Regenbogenflocken im Schlafzimmer, das Alma und meine Mutter sich teilten – dieses durch die Rollladenschlitze einfallende Sonnenlicht, das sich auf Schrankspiegeln und Bettpfosten brach und bunte Fäden durch das Zimmer schickte, versuchte ich in einer Puppentasse einzufangen, um es meiner Mutter als Medizin zu verabreichen.

Nie geklärte Phänomene, wie die Stimmen von der anderen Seite der Erde. Als sei der eigene Schädel ein Medium für diese fernen Unterhaltungen, empfing er bei Nacht ihr hochfrequentiertes Pfeifen. Es trat als kurz versetzte Dopplung auf, ein steter, periodischer Rhythmus, der lediglich in seiner Gesamtgeschwindigkeit variierte. Der Ton erinnerte an piepsende Mäuse oder daran, dass eine Flüssigkeit durch einen engen Schlauch gepresst wird.

Aus dem gleichen Grund, aus dem ich wusste, dass der Flieder in unserem Garten nach Pfau roch, ohne je an einem Pfau geschnuppert zu haben oder auch nur in die Nähe solchen Vogels gekommen zu sein, aus derselben Gewissheit heraus, aus der ich das blubbernde Glücksgefühl, das in meiner Brust golden gärte, *Apfelsaft* nannte, war mir auch klar, dass es sich bei den Geräuschen in meinem Kopf um Gespräche von der gegenüberliegenden Seite des Planeten handelte. Ich sah die Menschen förmlich vor mir, unzählige plappernde Köpfe, die in einem roten Licht schwammen und alle durcheinanderfiepten...

Doch man geht ihnen nicht auf den Grund. Mit wie vielen anderen Dingen tut man dasselbe? Was haben wir alles schon gesehen, das sich einer logischen Erklärung entzog, und es ohne Mühe wieder vergessen, weil wir unserer Vorstellung davon, was existieren darf und was nicht, mehr getraut haben als unseren eigenen Sinnen?

Als ich wieder unten ankomme, hat Isabel sich auf einen platten Felsen niedergelassen und begonnen, sich eine Zigarette zu drehen. Pacos missbilligenden Blick tut sie mit einem Schulterzucken ab.

„Alles biologisch abbaubar, keine Sorge, *tío.*" Der Filter in ihrem Mundwinkel wackelt. „Ist Zellulosepapier." Mit der Zunge fährt sie über das Papier, rollt es ein und hält es an ein Feuerzeug.

„Ich habe eine Phobie", sagt sie unvermittelt an mich gerichtet und zieht den Rauch tief in ihre Lungen. Es ist, als hätte sich ihr Mund geöffnet, um eine bunte Seifenblase zwischen ihren Lippen zerplatzen zu lassen.

„Was für eine Phobie?"

Sie schmeckt ihre Antwort ab, lässt sie im Mund zergehen.

„Eine Phobie vor verschwendeter Zeit", sagt sie und verzieht das Gesicht. „Ich fürchte mich vor allem, was unwiederbringlich verloren ist."

Sie klopft mit dem Finger auf die Zigarette und ein Ascheschauer schwebt zu Boden. Nach einigen Sekunden Stille, in denen nur das Scharren von Lázaros Füßen und Pacos halb unterdrückte Seufzer zu hören sind, spricht sie mit eigentümlich teilnahmsloser Miene weiter.

„Es fing an, als ich einmal mit Freunden an einem Bach spielte. Der Bach war schmal genug, damit wir von einer zur anderen Seite springen konnten, aber bei viel Niederschlag konnte er über die Ufer treten und schlammig werden. Das erkannte man an den Ufergräsern. Wie gebürstete Haare lagen sie alle in Fließrichtung. Damals schien die Sonne sehr hell und das Wasser war so klar, dass man alles darin perfekt erkennen konnte; bis zum

Grund konnte man sehen. Wir bauten einen Staudamm aus Ästen und Steinen und stopften Algen in die Zwischenräume. Da sah ich plötzlich etwas Kleines. Zunächst hielt ich es für eine Spiegelung der Sonne. Aber das war es nicht, sondern ein noch junges, gelbes Ahornblatt, das von der Strömung herangetragen wurde. Es war wunderschön und tanzte auf unseren Staudamm zu. Als es ihn erreichte, blieb es jedoch nicht an ihm hängen, sondern wurde einfach darüber hinweggespült. Ich fühlte mich wie versteinert. Ich wollte aufspringen und ihm hinterherrennen, es aus dem Wasser fischen, aber ich war, wie in einem Albtraum, unfähig mich zu bewegen. So musste ich zusehen, wie es sich immer weiter von mir entfernte und mir entrann."

Sie seufzt und erhebt sich. „Lasst uns zurückgehen."

„Was du erzählt hast, erinnert mich an einen Tag, als ich mit Alma von einem Dorffest nach Hause kam", höre ich mich sagen. „Sie war eine Freundin meiner Mutter."

Mit gerunzelter Stirn blickt Isabel mich an.

„Was ist passiert?"

„Sie hatte mir einen schwebenden Ballon gekauft. Wisst ihr, so einen mit Helium gefüllten aus glänzender Folie, die an Geschenkschleifenband gebunden und auf Jahrmärkten verkauft werden… Als wir zuhause ankamen und vor der Haustür standen, fragte ich sie, was passieren würde, wenn ich den Ballon losließe. *Probier es aus*, sagte sie zu mir. Also ließ ich ihn los. Ich glaube, was dann passierte, ist nicht mit einer Phobie zu vergleichen. Aber die Wehmut, als ich meinen Ballon in den Himmel aufsteigen sah, brach mir das Herz. Ich wusste, der Moment, in dem ich noch nach ihm hätte greifen und ihn hätte festhalten konnte, war für immer vorbei. Es war ein existenzieller Schmerz, als hätte sich eine Tür geöffnet, von der ich lieber noch nicht erfahren hätte."

Während ich geredet habe, hat Isabel genickt und mich ernst betrachtet. Gelbe Blumen sind wie Vogelschnäbel aus der tennisplatzroten Erde gebrochen. Und wir haben wir den Rückweg angetreten und laufen nun schweigend bergab. Lázaro trägt Aceituna auf dem Rücken. Obwohl sich die Wanderung dem Ende zuneigt, werde ich das Gefühl nicht los, dass etwas nicht funktioniert hat und wir unverrichteter Dinge abziehen.

„Ihr seid nicht wegen der Morgenstimmung hergekommen, habe ich Recht? Sagt es mir ruhig. Ihr sucht doch nach etwas."

Paco räuspert sich und wirft Lázaro einen vielsagenden Blick zu. „Tut mir leid, aber wir können das im Moment nicht erklären."

So laufen wir nachdenklich, jeder für sich in Gedanken versunken, bergab, und keiner erwähnt die verholzten, zwei Meter hohen Löwenzahnbüsche am Wegesrand. Während des Abstiegs glaube ich, den Anflug eines Lächelns auf Lázaros Lippen zu erspähen. Ich mache größere Schritte, um zu ihm aufzuschließen.

„Welche Wesen sind faszinierender als Bäume?", frage ich außer Atem.

„Wie kommst du jetzt darauf?", fragt er lachend zurück.

„Du hast es vorhin erwähnt."

„Aceituna ist faszinierender."

Durch die Fenster des Rucksacks sehe ich sie an ihrem Stock nagen.

„Das stimmt. Aber das hast du nicht gemeint."

Er räuspert sich, und hinter seiner Ironie scheint etwas aufzuflackern, wie dunkel gemaserte Flusssteine, kaum auszumachen unter dem hellen Sonnenkräuseln der Wasseroberfläche. „Naja. Wesen, die man weder sehen noch hören oder fühlen kann, wären noch faszinierender, oder?"

„Von deren Existenz wüssten wir aber nichts. Und könnten daher auch nicht von ihnen fasziniert sein."

„Außer wir würden sie uns bewusst machen."

Fragend blicke ich ihn an.

„Stell dir vor", fährt er fort, „niemand könnte sie sehen. Und das aus dem einfachen Grund, dass menschliche Gehirne nicht dafür geschaffen sind, ihre Anwesenheit zu erkennen und zu verarbeiten. Wir sehen sie zwar, aber es kommt keine Information über sie in unserem Bewusstein an."

„Glaubst du das wirklich?"

„Naja, vielleicht spinne ich auch nur."

Bald darauf gibt uns der Wald frei. Wir steigen ins Auto und die Reifen setzen sich knirschend in Bewegung. Die gewundene Straße ist mittlerweile lichtgesprenkelt. Der Himmel, tiefblau und mit seinen gewaltigen Wolkenkaskaden thronend wie ein Ölgemälde, hat sich wieder klebrig über die Welt gelegt.

EIN SELTENER KÄFER

Wasser, so klar wie geschliffenes Glas, dessen Mitte ein hohler Baum entsteigt. Um seinen Stamm treiben acht Schildkröten, reglos wie moosbewachsene Steine, einen perfekten Stern bildend. Wolken ziehen über die Decke, aber sie fliegen auf dem Kopf, spiegelverkehrt zwischen den Baumwipfeln.

Der Koffer liegt aufgeklappt auf den nackten Fliesen. Kleidungsstücke, Bücher, Ladekabel, ein Strohhut und Tüten mit Kleinigkeiten quellen hervor. In der neuen Wohnung, die ich am Donnerstagabend entdeckt habe und direkt beziehen konnte – ein Glücksfall, der mir in Berlin wohl kaum widerfahren wäre –, schwebt ein schwerer erdbeerroter Duft.

Duschwasser perlt über meine Haut und sammelt sich in der glänzenden Pfütze meines Bauchnabels. Plötzlich heftig fühle ich die Anspannung der Reise von mir abfallen. Ihr dumpfer Nachhall hat mir die ganze Zeit über in den Ohren gelegen, wie das Echo eines Urknalls. Mit dem *guagua* bin ich am Morgen hinauf nach La Coralina gefahren, um mich bei den verschiedenen Ämtern registrieren und mir meine Ankunftszertifikate ausstellen zu lassen.

Jetzt, zurück im Zimmer, kauert ein brauner Troll in der Ecke: eine deckenhohe Schrankwand aus Holz. Auf der anderen Seite, zwischen der Tür zum Flur und einem Milchglasfenster, stehen das Bett und ein Schreibtisch mit einem Drehstuhl, an dessen Sitzfläche Büschel weißer Haare haften.

Der Schacht hinter dem Fenster ist mit Gerümpel vollgestellt. Hineinlehnend erkenne ich, dass ihn nach oben hin eine durchscheinende Wellplatte abdeckt. An sonnigen Tagen werde ich darüber den Himmel summen hören, werde ich gelben Staub wirbeln sehen und das Bedürfnis verspüren, ihn zu malen.

Geräusche nähern sich und tauchen wieder ab. Das Klappern von Geschirr, die Melodien spanischer Sätze, Musik und Stimmen aus Fernsehern. Ich mag es nicht, fernzusehen. Als ich jünger war, hat es Schränke voller Bücher in unserem Haus gegeben. Allerdings störte etwas an ihnen meine Mutter. Ich vermute, was ihr zu schaffen machte, war die zeitliche Aufeinanderfolge der Geschehnisse in den Romanen. Denn sie riss büschelweise Seiten aus ihnen heraus und schlug sie anschließend mit Nägeln an die Wände, offenbar in der Hoffnung, dadurch eine logischere Anordnung herstellen zu können.

Das machte sie eine ganze Weile so und schichtete dabei die bedruckten Innereien der Bücher palimpsestartig aufeinander, bis ihr Schlafzimmer einem Kokon glich, dem Inneren eines Wespennestes. Dadurch, dass sie Inneres nach außen gewendet hatte, war das Äußere, ihr Zimmer, wieder zu etwas Innerem geworden – zum Innern ihrer malträtierten Bücher – und ich frage mich bis heute, ob dieser Vorgang nicht auch andersherum denkbar wäre.

So wurden die Bücherregale immer leerer, ohne durch ihre Leere jedoch die Qualen meiner Mutter zu lindern, und eines Tages oder Nachts ging sie unvermittelt zum Fernsehen über. Wohl weil sie es nicht länger ertrug, sich mit Handlungssträngen und Ursachen und Wirkungen auseinanderzusetzen – sie resignierte aus einem fundamentalen Schmerz heraus, der, sichtbar in ihr Gesicht geschrieben, sich langsam in stumpfsinnige Neutralität verwandelte, bis das einzig Lebendige, das in ihren Augen geblieben war, die gekrümmte Spiegelung der Fernseheroberfläche war. Diese aber war warm und knisterte, wenn man mit der Handfläche im Vorbeigehen darüberstrich.

Im Nachttischschrank verstaue ich den Fotostapel, darunter das Glanzpapierfoto, auf dem Yaela vor einer schneebedeckten Anhöhe zu sehen ist. Im Bildhintergrund strecken schwarze Baumskelette ihre Äste in den Himmel; winterliche Zweige wie Rinnsale aus Nasenblut, das beim Duschen über den nackten Körper läuft. Einige Stämme auf der rechten Bildhälfte zeichnen sich klar wie mit Filzstift gezogene Linien ab. Die Stämme links hingegen verschmieren zu einer klumpig grauen Masse. Zur Mitte hin scheinen die Zweige sich zu wölben, als wollten sie, wie ein spinnenbeiniger Seestern seinen Verdauungstrakt, ihren Magen über die andere Baumgruppe stülpen. Zwei sich verschlingende Gehirnhälften im aussichtslosen Kampf.

Später breite ich die Einkäufe auf dem Küchentisch aus. Seufzend beiße ich in das Baguette, schneide eine Avocado auf und wasche drei Tomaten über der Spüle. Auf das knusprige Weißbrot streiche ich frische Butter. Die Milch trinke ich direkt aus der Flasche. Ein wohliger Schauer durchfährt meinen Körper, als ich mit der Gabel eine schwarze Olive aus dem Einmachglas picke und das zähe, gelbe, vor Salz körnige Öl abtropfen lasse. Mit den Schneidezähnen löse ich das Fleisch von seinem Kern, und der Geschmack, der sich daraufhin in meinem Mund verteilt, ist so jäh und wild und salzig wie ein Biss in brodelnden Meeresschaum.

Während ich kaue, schweift mein Blick über die Ecken und Kanten der Küche, über ihre weißen Schubladen und Arbeitsflächen, die schwarzglänzende Herdplatte. Der Wasserhahn beugt sich über die Spüle wie ein

Laternenpfahl. Klänge aus den benachbarten Wohnungen greifen in die Reglosigkeit meiner eigenen, wühlen in ihren Schatten. Das Handy zeigt keine neuen Nachrichten an.

Unsere Mutter legte stets großen Wert darauf, was wir Kinder aßen. Es war ungeheuer wichtig für sie, dass wir uns natürlich ernährten und die Welt durch das Essen in uns aufnahmen. Daher erlaubte sie mir, aus den Gärten der Umgebung Obst und Gemüse zu nehmen – Äpfel, Birnen, Kirschen und Pflaumen, Mirabellen, Johannisbeeren, Himbeeren, Walnüsse und sogar Kartoffeln und Tomaten, Gurken, Kürbisse und Bohnen. Diese Handlungen kamen mir nie verwerflich vor, da wir ja bloß die Welt in uns aufnahmen und ein Teil von ihr werden wollten. Es erfüllte mich mit Stolz, wenn ich mit vollen Armen und ausgebeulten Taschen zum Haus zurückkehrte und Alma aus den Zutaten etwas kochen oder einen frischen Salat zubereiten konnte.

Als ich satt bin, räume ich Oliven und Butter zurück in den Kühlschrank. Ich putze die Zähne, wobei ich im Bad den Blick im Spiegel meide. Dann lege ich mich in das neue Bett.

Sie war von einer inneren Krankheit befallen, die sie schwächte und ans Bett fesselte. Es gab zwar Medikamente, die gegen die Symptome halfen, doch nicht an allen Tagen konnte sie diese einnehmen. An den schlechten brachte ich unserer Mutter Tee und in warmer Milch aufgelösten Zwieback ans Bett, von dem sie dann schwer atmend ein Viertel oder die Hälfte schluckte. Manchmal, wenn ihre Kräfte ausreichten, schaltete sie den Fernseher leiser und erzählte mir das Märchen von der wilden Katze und dem schwarzen Wolf.

So stand ich eines Nachts vor ihrem Bett, der Wind rüttelte an den Rollläden und ließ die hohe Birke gegen den abblätternden Putz der Hauswand schlagen, als sie mich mit fiebrigen Augen, diesen eingeschlossenen

Lichtern, fixierte und sagte: „Aziza, mein Schatz. Ich möchte dir etwas zeigen."

Sie bedeutete mir näherzutreten und drehte, wobei sie ihren Oberkörper in den fleckigen Laken verrenkte, den knarzenden, mit einer Klammer am Bettgestell befestigten Lampenhals so, dass das Licht sich über ihren Oberkörper ergoss. Langsam zog sie dann ihr geblümtes Nachtkleid nach oben, erst über die Beine, dann über die Hüfte. Noch einmal wälzte sie sich herum, um mir ihren Rücken zuzuwenden.

Ich brauchte einen Moment, um zu begreifen, was ich sah. Dann aber zeichnete sich das Bild klar und deutlich vor meinen Augen ab und ich machte erschrocken einen Schritt rückwärts. Ihr Rücken war in seiner ganzen Länge gelb und violett verfärbt; im bläulichen Flimmern des Fernsehers oszillierte er wie der Panzer eines seltenen Käfers, heller an den Seiten und im Nacken, dunkel, fast schwarz wie Gewitterwolken entlang ihres knöchernen Wirbelbandes.

TÉ À LA MENTHE

Die Nacht schwappt herein und ich höre zum tausendsten Mal das Schlaflied unserer Kindheit, wie Alma es gesungen hat, wir haben es nie verstanden: „Taigataiga bönibuait. Indefowest ohde nait." Seit der Zeit, als sie es uns zum Einschlafen vorsang, haben wir uns Baby Moon und Baby Taiga genannt.

Die heutige Nacht ist keine lebendige, atmende Nacht, aufgeladen mit einer Farbe oder Energie, sondern die destillierte Schwärze einer blicklosen Pupille. Als fetter Rauch schiebt sie sich durch den Schlitz zwischen Türblatt und -rahmen und speit vom Fenster her in den regungslosen Raum. Es wird so dunkel wie im Maul eines Wals.

Doch es liegt nicht am Zimmer. Es liegt an mir. Die Finsternis bildet sich aus meinem Atem, sie wird von meinen Poren ausgedünstet. Während mein Körper in einen seichten Schlaf taumelt und seine Funktionen herunterfährt, mich mit Melatonin narkotisiert wie eine Giftspinne ihr Opfer, bleibe ich gefangen im Zentrum der Pupille. Unfähig mich zu bewegen oder einen Laut von mir zu geben. Dann schluckt der Wal mich in einem Schwall Muschelwasser herunter.

Mit tauben Fingern hangele ich mich die Sitzreihen entlang. Der Zug hat sich wieder in Bewegung gesetzt und meine Bewegungen verlangsamen sich innerhalb des abgeschlossenen Raums, rasend schnell sind sie aus Sicht der Rehe und Kaninchen, die den Zug von den Feldern aus betrachten.

Wir sitzen uns gegenüber, einen Tisch mit Brotkrümeln und eingebautem Mülleimer zwischen uns. Ich platziere den Rucksack vor mir auf dem Tisch, kreuze die Arme darüber und bette mein Kinn auf das so entstandene Polster. So kann ich zu Yaela und gleichzeitig aus dem Fenster schauen, dabei meine Wangen in die Grube meiner Armbeuge sinken lassen und den beruhigenden Geruch meiner Haut einatmen, während meine Lippen mit den Haaren auf meinem Unterarm spielen.

Mein Blick streift über die blauen Felder, diese vibrierende Farbe des Korns, und über das flaumige Hellgrün der Gräser, seidenes Fell auf lungenförmigen Hügeln, in unsichtbaren Strömungen wogende Seegraswiesen. Leuchtend heben sich die Junibäume von den metallischen Beulen des sturmzerfetzten Himmels ab. Windräder, dreiflügelige Störche am Horizont, rotieren über fernen Hügelkuppen, wollen sich aus ihrer Verankerung lösen. Ein schwarzgefiederter Raubvogel trudelt einen Moment lang wie ohnmächtig durch die Luft, nur um sich kurz darauf mit einem scharfen Manöver wieder zu fangen.

Dank der Gitarrenstunde, die Yaela mir heute Morgen gegeben hat, fühlen sich meine Fingerspitzen wund und gefühllos zugleich an. Geduldig hat sie meine Hände auf den Saiten positioniert, bis sie einen wohlklingenden Akkord erzeugten, C-Dur und e-Moll. Jetzt beobachte ich ihr entspanntes Gesicht, ihre leicht vorstehenden Augäpfel, die hin und her zucken.

„Schau mal“, ruft sie aus und ich folge ihrem Blick nach draußen.

Zuerst weiß ich nicht, was sie meint. Die Landschaft zieht wie in einem Papiertheater vorbei, Schichten aus Bäumen, Häusern und fruchtbaren Böden – die näheren blitzschnell, mit dem Auge kaum zu fassen, die in der Mitte gemächlich und die fernsten, hinten am Horizont, so langsam, das sie dem Stillstand näher sind als der Bewegung.

„Was ist denn?“

„Sieh mal genau hin.“

„Wohin?“

„Ich weiß nicht. Überall. Ist das ein Erdbeben?“

Auch ich nehme eine Veränderung wahr, kann aber nicht sagen, was es ist, das sich verändert. Als läge der Wandel im Wesen der Landschaft, nicht auf ihrer Oberfläche. Als könnte die Veränderung nicht mit den Augen, sondern nur mit einem anderen, unbekannten Sinn wahrgenommen werden. Ein Schwanken der Erdplatten, ein Wechsel aller Farben hin zu ihrer Komplementärfarbe und wieder zurück.

Mit Tränen in den Augen schaue ich zu meiner Schwester auf. „Was ist das?“, krächze ich und fühle den Pulsschlag in der Kuhle unterhalb meines Halses.

„Ich habe keine Ahnung“, flüstert sie.

Wir blicken uns nach den anderen Leuten im Waggon um, doch niemand zeigt Anzeichen von Unruhe oder Besorgnis. Im Gegenteil, sie starren wie eingefroren geradeaus. Am Horizont ist jetzt etwas zu sehen. Ein dunkler Fleck, der hinter den Hügeln anschwillt.

„Entschuldigung“, sage ich zu einem Jungen, der auf der anderen Seite des Gangs sitzt. „Siehst du das auch?“

Doch er ignoriert meine Frage. Seine Augen haben einen verschwommenen Ausdruck angenommen. Eine matte Glasschicht liegt über seinem Blick. Mein ganzer Körper beginnt zu schmerzen.

„Was ist das?“, fragt Yaela tonlos, die weit aufgerissenen Augen wieder aus dem Fenster gerichtet.

„Vielleicht ein Wolkenschatten?“

Aber dafür ist es zu großflächig und zu dunkel. Und bewegt sich zu schnell auf uns zu. Schon hat es die ersten Häuser am Horizont verschluckt und sich ganze Baumgruppen einverleibt.

Ich will nicht, dass der Junge mit den trüben Augen zu uns herübersieht. Er jagt mir solche Angst ein, dass ich nur stoßweise atmen kann. Er darf auf keinen Fall seinen Kopf zu uns drehen. Aus welcher Richtung die Welle kommt, lässt sich unmöglich sagen. Von allen Seiten nähert sie sich gleichzeitig, so wie in einem Glas mit marokkanischem *Té à la Menthe* eine Zuckerinsel von Flüssigkeit umschlossen wird. Etwas, das an schwarzen Schlamm erinnert, überrollt die buckligen Felder, sinkt in Täler ein und bricht wieder aus ihnen hervor, jedes Mal ein Stück näher.

„Was passiert hier?“, schluchze ich. Auch Yaela weint jetzt.

„Ich weiß es nicht, Ziza. Ich hab keine Ahnung.“

Wir haben uns beide über den Tisch gebeugt und klammern uns aneinander. Im Innern der Welle wuselt und zappelt es wie in einem Hornissenschwarm. Glänzende Kämme verdrehen sich zu Strudeln und türmen sich zu kleineren Schaumkronen auf, deren Oberflächen sich wiederum kräuseln und neue Wellen schlagen und immer so weiter – ein grauenerregendes Fraktal.

Das letzte, was ich sehe, bevor der Zug verschluckt wird, sind ihre Augen. Ihre großen, blauen Augen, blau wie die Leere, in denen sich das nahende Ende spiegelt. Der unbeschreibliche Ausdruck darin, als müsste sie mir dringend noch etwas sagen, aber die Zeit reicht nicht mehr aus.

Ich erwache mit hämmerndem Herzen und schmerzenden Gesichtsmuskeln. An meinen Wangen klebt Salz. Ein Nachtmahr ist von meiner Brust gesprungen – der Rückstoß seiner Krallen brennt mir auf den Rippen.

Im Bad lasse ich mich schwer atmend auf den Toilettendeckel fallen. Um mich zu beruhigen, knete ich meine Unterarme, aber der Duschvorhang hat braune Schimmeltupfer, die mich verstören. Um mir Wasser ins Gesicht zu spritzen, drehe ich den Hahn auf. Das Wasser ist schwarz und es wuselt.

Ich renne aus dem Bad, biege nach rechts in den Flur ab, wobei ich mit der Schulter gegen den Türrahmen stoße, und springe mit einem Satz ins Bett. Ich schlage die Decke über meinen Kopf und taste nach der geriffelten Wand. Unter mir schwankt das kalte Metall. Ein Ozean aus dunkler Masse umgibt mich. Auf allen Vieren suche ich Halt auf dem rutschigen Dach des Zugwaggons, der wild hin und her schaukelt, während Teerblasen an seinen Seiten aufsteigen und zerplatzen. Von Yaela weit und breit keine Spur. Dennoch rufe ich immer wieder ihren Namen, bis ich heiser bin.

DIE BANK DER TRAUMSAMMLER

„Etwas ganz Fundamentales –", sagt der Professor zu Beginn der Stunde. *„Cogito ergo sum* reicht in diesem Zeitalter nicht mehr. Heutzutage gilt: Ich stehe auf dieser Liste, also bin ich. Na, dann wollen wir mal sehen, wer diese Voraussetzung erfüllt."

Anders als die sonst üblichen Hörsäle der Universität, die stufenweise nach hinten ansteigen, ist dieser ebenerdig aufgebaut. Der Professor läuft rechts und links des Kurses an der Wand entlang, spricht dabei in einem unermüdlichen Schwall und wiederholt die Worte *„Entienden, chicos? Entienden*? Versteht ihr?"

Um dies noch zu unterstreichen, beugt er sich gelegentlich zu einem Studenten vor und blickt ihm mit einer fast verzweifelten Dringlichkeit ins Gesicht.

„Entienden lo que quiero decir? Versteht ihr, was ich sagen will? *Entienden, chicos? Entienden?"*

Der Angesprochene lächelt dann meist halb beschämt und halb belustigt. Pflichtbewusst folgt die Erwiderung: *„Si, si, entiendo"*, bis der Professor endlich seinen Weg fortsetzt.

Alle lauschen gewissenhaft seinen Worten und machen mit hektischen Schreibbewegungen Notizen in Blöcke und Laptops. Auch ich habe meinen Ringblock aufgeschlagen und vor mir aufs Pult gelegt, das Datum in die linke obere Ecke gesetzt und den Kursnamen als mittige Überschrift. Doch mein Blick schweift ab, fliegt über den Kurs, und findet drei Studenten, die wie schwarze Blätter zwischen den Ästen eines Laubbaums flattern.

Die Wangen des Jungen in der Mitte scheinen aus Stoff oder Staub gemacht zu sein. Er ist der Sandfarbene. Um seine langen Finger wirbelt ein Bleistift und manchmal kratzt er sich damit beiläufig unter dem Hemdkragen. Ein schwarzhaariges Mädchen, das Nasenblähmädchen, sitzt daneben – ihre Hände liegen ruhig auf dem Tisch. Das dritte Blatt ist ein Junge, der mich mit geneigtem Kopf unter ausgeprägten Augenbrauenwülsten hervor anschielt. Es ist kein neugieriges Mustern und auch kein gewöhnliches Betrachten, sondern ein glanzloser Strahl, der mich von der Seite erfasst. Durch die Luft bahnt er sich zu mir und erzeugt eine Verbindung wie einen harten Metallbalken. Dann sieht er wieder weg, kaut auf den Fingernägeln oder schaut auf seine Hände, und ich glaube, es mir nur eingebildet zu haben.

Der Professor besteht darauf, dass die hinteren Reihen nach vorne aufrücken, damit die Lücken gefüllt werden – eine Aufforderung, der augenrollend, aber brav Folge geleistet wird – und so sitze ich plötzlich in der vorletzten Reihe. Von den drei schwarzen Blättern kann ich jetzt nur noch die Rückseite sehen. Einmal noch dreht die Nasenbläherin sich zu mir um, wobei die Haut oberhalb ihrer Mundwinkel sich kräuselt und ihre Nasenflügel sich anheben. Ihr Mund nimmt eine rechteckige Form an und stülpt sich ein Stück nach vorne, ihre Augen werden rund und blass. Unmissverständlich sieht sie zu mir herüber, als könne sie geradewegs in meinen Kopf eintreten und sich zwischen den Felsen und Erden darin umschauen.

Selbst am Wochenende schlafe ich nur bis kurz bevor mein Wecker klingelt. Ohne zu zögern stehe ich auf, koche Tee und bereite ein kleines Frühstück zu. Dann wasche ich Wäsche oder gehe einkaufen, fege den Fußboden und spüle Geschirr. Unter der Woche laufe ich, über einen Pfad entlang eidechsenraschelnder Stachelbüsche, hinauf zur *Universidad* und besuche Vorlesungen und Seminare.

In meiner Freizeit erledige ich am Wohnzimmertisch Hausaufgaben für die verschiedenen Kurse oder gehe den Unterrichtsstoff der letzten Tage durch. Ich male und finde am nächsten Morgen Pfotenabdrücke auf der Leinwand. Auf meinen Wanderungen begegnen mir dicke Spinnennetze in Kakteen, glitzernde Häuser und ein unebener Pfad aus großen und kleinen Erdbrocken, der an einem Feld vorbei auf einen Hügel und auf der anderen Seite wieder herunterführt.

Immerzu fliegt ein schillernder Vogelschwarm am Himmel und lässt sich über der Ebene und den bunten Dächern treiben. Vor dem tiefblauen Himmel und den samtig grünen Bergen dreht er seine Runden, aufblitzendes Licht im Gefieder wie Reflexionen auf einem gurgelnden Bach, wenn die Sonne kurz vor dem Zenit steht. Dieses silberne Funkeln stimmt mich glücklich, und ich staune darüber, dass dies mein Lebensraum ist, in dem fliegende Tiere wie Heringsschwärme in der Luft kreisen.

Gelegentlich setze ich mich in ein Café oben in der regnerischen Altstadt, um ein Buch zu lesen oder Zeichnungen in meinem Notizbuch anzufertigen, trinke dabei eine heiße Schokolade oder bestelle ein belegtes

Brötchen. Einmal sitzt am Nachbartisch eine Katze mit vornehm gefalteten und auf dem Tisch abgelegten Vorderpfoten. Sie sitzt auf dem Schoß eines älteren Herrn, der in sein Handy tippt und ein Schnapsglas und einen Minztee vor sich stehen hat. Sie wirkt entspannt, ein wenig gelangweilt, und beobachtet amüsiert, unter halb geschlossenen Augen hervor, was um sie herum geschieht.

Die Melodie der *tranvía*-Stationen hoch zur Stadt wird mir immer vertrauter: *Gracia, Museo de la Ciencia, Cruz de Piedra, Padre Anchieta*. Manche Gedanken brauchen nicht ausgesprochen zu werden: Ist noch genug Zeit, um das Café zu verlassen, nach Hause zu fahren und im Bett zu weinen, um sich dann pünktlich um sechs mit Lyra und Lázaro zum Teetrinken zu treffen?

Seltener, wenn ich den Mut aufbringe, fahre ich an einen Strand. Dann blicke ich in die Wellen, bis mir die Ohren vor Salz und Kälte schmerzen. Es ist ein schöner Schmerz. Indem es mir Angst einflößt, beruhigt mich das Meer.

Undurchschaubar zerrinnt die Brandung im tiefschwarzen Sand. Was sie auf ihrem Grund aufwirbelt, zwischen Sedimenten und Schlick, ist nicht zu erkennen. Ich bekomme Lust, in die Dünen hineinzuwandern und Beduine zu werden. Die Krümel des Sandes auf dem schneeweißen Handtuch erinnern an eine köstliche Süßspeise. Auf meinem Oberschenkel klebt er wie ein umgekehrter Sternenhimmel. Und wenn man genau hinsieht, glitzern winzig kleine, helle Sandpartikel zwischen den schwarzen.

An manchen Tagen schneidet mir das Schäumen des Ozeans durch die Gehörgänge wie nicht von dieser Welt stammende Schreie. Ein zähneknirschendes Gestöhn ist das wie aus dem Höllenschlund selbst. Die niemals ruhende Oberfläche verzerrt sich zu Fratzen und bespuckt mich mit ihrer Gischt. Meine Furcht vor der Übermacht des Meeres gipfelt in einer Sehnsucht, die mich heiß zum Wasser hinzieht, als hätten unsere Tiefen etwas Entscheidendes gemeinsam.

In der Straße, in der ich wohne, gibt es einen Reinigungsdienst namens *Der Schwamm*. Das Geschäft für Heimtierbedarf, *Paraíso Animal*, ein Blumenladen, eine Apotheke, ein Tabakgeschäft und eine Lottoannahmestelle reihen sich gleich daneben. Auf der anderen Straßenseite werben eine Versicherungsgesellschaft und der Schönheitssalon *Extreme Beauty* um Kunden, weiter in Richtung Ortszentrum befinden sich eine Bäckerei, ein Gemischtwarenladen und eine *Frutería*.

Und dann ist da noch die Bank *Cajaocho*, die auf Plakaten verkündet, Sammler von Träumen zu sein. „Caja rural de Nivaria! En Cajaocho somos Recolectores de Sueños! Atrévete y apuesta por tus sueños!“ Trau dich und wette auf deine Träume.

So entwinden sich mir die Tage auf der Insel. An einem Morgen finde ich unter meinem Bett eine zerfetzte Klopapierrolle. Der Gedanke, mit einer Maus oder einer Ratte zusammenzuleben, tröstet mich, doch nie bekomme ich meinen scheuen Mitbewohner zu Gesicht.

Gedämpfter als die Schreie des Meeres raschelt der Ruf der Hügel an meinem Trommelfell. Wenn ich sie länger nicht besuche, beginnen die von dichtem Grün umwucherten Hänge hinter meiner Wohnung mit dunklen Bergstimmen nach mir zu rufen, dumpf wie der Herzschlag eines großen, trägen Tiers. Und so mache ich mehrmals in der Woche ausgedehnte Spaziergänge entlang ihrer windigen Pfade.

Ich wache auf – viertel nach vier, halb fünf –, taste nach dem Schalter am Kabel der Nachttischlampe und greife in Nässe. Aus der umgekippten Tasse tröpfelt Kamillentee. Ich öffne die Balkontür und lehne mich über das glatte Holz der Brüstung. Schwarze Sterne, kristallene Nacht. Der Mond eine halbe Zitronenscheibe, in einem gekräuselten Wolkenfaden treibend, der sich wie ein indianisches Rauchzeichen vom Horizont bis zum

Himmelszenit windet. Um diese Zeit denke ich über die unsichtbaren Wesen nach, von denen Lázaro gesprochen hat. Ich stelle mir vor, unsere verhinderte oder beeinträchtigte Wahrnehmung dieser Wesen gleiche einem Gesichtsfeldausfall, wie er an der Austrittsstelle des Sehnervs vorkommt, weil es dort an Lichtrezeptoren mangelt. Davon habe ich unlängst gelesen. Die Wesen könnten ein solcher blinder Fleck in der Projektion der Außenwelt auf unsere innere Leinwand sein, denke ich.

„Keiner kann sie sehen", schreibe ich Lázaro im Chat, zitternd vor Aufregung, „weil unsere Gehirne nicht in der Lage sind, ihre Anwesenheit zu erkennen und zu verarbeiten. Es ist, als besäße ein Auge keine Fotorezeptoren für eine bestimmte Farbe!"

Daraufhin ist er immer wieder online. Die Nachricht wird als gelesen angezeigt, doch es folgt keine Antwort. Es ist wahrhaftig eine unheimliche Vorstellung. Direkt vor uns könnten sie stehen, wir würden sie *sehen*, aber könnten sie nicht *wahrnehmen*. Endlich, nach einer gefühlten Ewigkeit, schreibt er zurück.

„Ich wollte dir keine Angst einjagen mit dem, was ich im Wald gesagt habe. Ich glaube, das war mehr so dahergeredet."

Und eine weitere Nachricht folgt: „Übrigens, du kannst jederzeit zu uns kommen, das weißt du doch, oder? Wenn es dir nicht gut geht oder du dich einsam fühlst, aber natürlich auch so. Lyra und ich wollen, dass du dich hier wohlfühlst."

Ich bedanke mich bei ihm. Und schreibe, dass es mir zurzeit ausgesprochen gut geht. Eigentlich so gut wie seit langem nicht mehr. Ich versichere ihm, dass ich überaus froh bin, dass er mir von den Wesen erzählt hat.

Wir fahren im Auto über eine sonnengeflutete Brücke. Yaela und ich. Die Fenster sind geöffnet. Unsere Haare flattern im Fahrtwind.

Boote ziehen helle Linien durch die Wellen unter uns. Die Musik laut aufgedreht, überqueren wir einen Meeresarm, der glitzernd ins Land greift. Als nächstes sitze ich wieder allein in meinem Zimmer.

In solchen Momenten kommt das Vermissen. Wie ein Monsunregen rollt es heran und drängt in jeden noch so kleinen Spalt, bis ich nur noch gurgelnde Laute des Ertrinkens von mir geben kann. Grotesk erscheint es mir dann, dass ich versucht habe, mein Leben fortzusetzen, als wäre nichts gewesen. Alles außerhalb der Traurigkeit Liegende kommt mir wie eine Illusion vor. Ein falscher Traum, der nur vorübergehend Abhilfe schaffen konnte, der aber nie mehr sein kann als eine lockende Chimäre.

Die Leere wird zu einem Vakuum, das Partikel von allen Seiten ansaugt. Ich bin der windstille Punkt im Auge des Sturms, um den spiralförmig Autos, Häuser und Kühe wirbeln. Während es geschieht, denke ich Dinge wie *Ich muss mir das Bild von ihr ansehen,* und es erscheint mir wie der dringlichste und unaufschiebbarste Gedanke, den ich je hatte.

Auf meinen Wanderungen durch die Hügel begegnen mir immer öfter unerklärliche Dinge. Ich nenne sie *Schatten,* obwohl sie sich im Grunde nicht in Kategorien wie Licht und Dunkelheit einordnen lassen. Aber *Schatten* ist der Name, den ich ihnen gebe. Linien tauchen in der Luft auf, flirrende Schemen, die länger und kürzer werden und verschwinden. Manchmal hängt eine schräge Platte in der Luft. Ich überlege, ob es sich um Energiefelder handeln könnte, um Unregelmäßigkeiten in den elektromagnetischen Strömen der Erde, die nur ab einer gewissen Höhe über dem Meeresspiegel zutage treten.

Ich untersuche sie, indem ich sie mit verschiedenen Gegenständen in Berührung bringe. So schiebe ich eine Glasflasche durch die flimmernde Fläche, erst den Kopf mit dem Schraubverschluss, dann den schmalen, sich verbreiternden Flaschenhals. Der *Schatten* reagiert mit einem flackernden Muster, übersetzt die dreidimensionalen Ausmaße der Flasche in einen Kreis, dessen Umfang langsam zunimmt. Als ich meine Hand hineinstecke, werden meine Finger zu fünf ausgefüllten Kreisen, die anschwellen und sich zu einem großen schillernden Fleck zusammenfügen.

Vormittags am Meer weckt mich das knisternde Prickeln der leichtesten Sandkörner auf der Haut. Über dem Boden vermischt sich ihr Staub mit dem Hitzeflirren der Luft. Schwarze, weiße, rote und braune Körner. Gemaserte Bröckchen. Löchrige Gesteinsstücke, in deren winzigen Furchen sich gelbe Glassplitter verfangen haben, glänzende Kohlebrocken, knirschender Muschelschliff und Scherben, die je nach Betrachtungswinkel verborgen bleiben oder aufleuchten und so hell werden, dass sie aus bloßem Licht zu bestehen scheinen – immaterielle Sonnenfragmente, die vom Wind herangepeitscht über die kargen Dünen tanzen.

Der Mikrokosmos des Sandes findet sich wieder in den Böden und Bergen der Insel. In der Montaña Amarilla, die sich am Ende der Bucht gezackt ins Meer wirft. In den sich kieferngrün von der Lava abhebenden Bergketten im Inselinneren, im ockerfarbenen Gestein und im Himmel selbst, der mit einem vibrierenden Glanz angereichert ist.

Durch mein Zimmer fliegen goldene Leuchtkäfer. Sie kreisen mich ein und erlöschen in feinen Schlieren. Gefühllos schlüpfe ich in Schuhe und Jacke, stopfe das Skizzenbuch und ein Stück Kohle in die Innentasche. Vermutlich werde ich nichts zeichnen. Aber es wie einen Anker so nah am Körper zu spüren, schenkt mir einen Anflug von Ruhe.

Der Schlag, mit dem die Tür ins Schloss fällt, presst sich durch das Treppenhaus, reibt an den Wänden und Geländern und verharrt dann wie betäubt. Durch die zurückbleibende Stille eile ich hinaus. Kurz darauf befinde ich mich zwischen Häusern und Autos und atme teerige Luft ein. Um zu den Hügeln zu gelangen, muss ich zunächst einen Bogen über die *Avenida de las Palmeras* schlagen. Ein direkter Zugang wird durch den Kanal verhindert, eine steile, eingemauerte Schlucht, die von den Bergen bis hinunter nach Santa Morpha führt. Auf Höhe des Kreisels beginne ich zu rennen und bin erstaunt, wie federnd meine Fußsohlen vom Pflaster zurückgeworfen werden. Nach der dumpfen Schwerfälligkeit der letzten Stunden erscheint mir die Leichtigkeit meines physischen Körpers übersteigert und surreal.

Obwohl es fast Mitternacht ist, ist die *Avenida* noch stark befahren. Entgegenkommende Scheinwerfer beißen mir wie heiße Nadeln in die Augen und lassen mich schneller laufen. Ich will dem Gestank der Autos entkommen, will schnellstmöglich ihre Abgase hinter mir lassen, die zwischen den verkeilten Häuserfronten Fäden ziehen wie klebriges Pech.

Rechts taucht eine steile Straße auf und ich beschließe, sie hinaufzurennen. Aus dem maroden Blockmauerwerk, das die Lücken zwischen den Häusern schließt, schlägt mir der Geruch von Fäulnis und tierischen Exkrementen entgegen. Hinter diesen Zementwänden erheben sich schattige Hänge, die von Disteln, Kakteen und knorrigen Buschbäumen überwuchert sind. Wie ein unsichtbares Nachttier kommt ihre kühle Luft auf die Straße gekrochen und hinterlässt eine Spur aus modrigem Nektar auf meinen Schleimhäuten. Das melancholische Pfeifen einer Grille untermalt die Andersartigkeit dieser Hangwelten, wo Eidechsen zwischen Wurzelknollen säuseln und einohrige Katzen auf der Jagd nach Mäusen durchs Unterholz streifen.

Am Stadtrand stoße ich auf eine hohe Betonmauer, die ein Privatgelände absperrt. Ich folge ihr in nördlicher

Richtung hügelaufwärts, bis sie eine Kurve nach rechts macht und sich ein weites Tal öffnet. Ein rostiger Drahtzaun und ein Pappschild mit der Aufschrift *„Se vende"*, gefolgt von einer kaum leserlichen Telefonnummer, markieren die Grenze zwischen Zivilisation und der dahinterliegenden zirpenden und jaulenden Wildnis.

Durch eine Lücke hinter der abknickenden Mauer, dort, wo der Zaun endet, trete ich ein. Ein Gewürzkügelchen löst sich aus einer geheimen Stelle in meinem Mund und erregt die Aufmerksamkeit meiner Zunge. Ich beiße darauf und es antwortet mit einer Schärfe, die meine Zungenspitze aufbrennen lässt. Wie ist ein Pfefferkorn in meinen Mund gelangt? Ist einer meiner Zähne der Eingang zu einer parallelen Dimension? Hat das Korn sich in einer anderen Zeit in ein Wurmloch verirrt und alle Wurmlöcher führen letztlich durch einen Zahn wieder ans Tageslicht?

Je weiter der Schein der Straßenlaternen hinter mir zurückfällt, desto wacher fühle ich mich. Im Tal wogt ein Meer aus blassgelbem Gräserschaum; violette Feigenfrüchte perlen auf Kaktuswellen. Am gegenüberliegenden Hügel und weiter unten in Richtung Küste glühen Lichter von Häusern und Straßen. Die entferntesten, deren Glanz durch Luft und Staub gebrochen wird, flackern lebendig wie Sterne. Ich glaube sogar, die beiden Geistertürme von Santa Morpha auszumachen, nahe der fließenden Linie, hinter der sich die mondbeschienene atlantische Düsternis zu erstrecken beginnt.

Das Echo eines Motorrads hallt durch das Tal und einige Hunde setzen zum Heulen an. Sind es dieselben, die ich nachts, von meinem Bett aus, bellen höre? Unter meinen Schuhen kracht trockenes Gestrüpp. Etwas großes und graues Flatterndes kämpft irgendwo in der Nähe seinen nachtgefüllten Vogelkörper in die Höhe – ich hebe den Blick zum Himmel und bekomme das Gefühl, seit langer Zeit beobachtet worden zu sein. Wieder sind es die gläsernen Blicke der Wolken. So schnell huschen sie am Mond und seinem Regenbogenkranz vorbei, dass es ihnen den Anschein eines Bewusstseins, ja, von Geheimniskrämerei verleiht.

Und dann sehe ich ihn.

Reglos wie ein Schatten steht er da, verschmilzt beinahe mit seinem Umfeld. Seine Augen glühen in dem eingefallenen Gesicht, umgeben von zotteligem Haar. Sie starren zu mir herüber und bringen die Luft zum Vibrieren.

Es geht eine einzigartige, bedrohliche Energie von ihm aus. Das Tier zeigt keinerlei Scheu, wirkt wenig animalisch, eher, auf unbestimmbare Weise, intelligent. Etwas ist falsch und verdreht.

Sein Körper ist drahtig und muskulös, das Fell schmutzverkrustet. Die jähe Aura eines freien Wesens umgibt es und seine Augen haben den Glanz von Grenzenlosigkeit. Unter ihrem Brennen gerät Leben in die grauen Spinnenbeine der Pflanzenwesen. Die geschwürartigen Kakteenverwachsungen beginnen sich zu regen und zu wogen wie lebendige Organe. Mein Körper harrt aus in einem toten Winkel der Zeit.

Ohne den Hund aus dem Blick zu lassen, bewege ich mich zur beleuchteten Straße zurück. Seine Augen folgen mir, aber noch immer rührt er sich nicht von der Stelle. Bald verschluckt ihn die Dunkelheit, und ich stolpere die letzten Meter hinein in den Lampenschein der Häusersiedlung. Auf wackligen Beinen haste ich die Straßen entlang, durchquere den Ortskern und sprinte die letzten Wegbiegungen bis zu meiner Wohnung. Als die Tür knallend hinter mir ins Schloss fällt, schreit die Wohnung auf wie ein gehetztes Tier.

DER RAUM

Stell dir vor, es hätte eine Party gegeben. Die Sonne hätte sich pink und orange in einer Vielzahl von Wassertropfen gespiegelt und wäre dann träge in Richtung Ozean gesunken. Kurz vor dem Verschwinden hätte sie noch einmal mit langen Fingern ins Wasser gegriffen, und es sähe aus, als zöge sie feine Lichtfäden aus den Wellenkämmen. Ich würde mich zum Pool umdrehen und ein zartes Flimmern unter der Oberfläche wahrnehmen, genau an der Stelle, wo sich am flacheren Beckenrand Wirbel und Luftbläschen emporkräuseln.

Ich lasse den brennenden Himmel zurück, trete durch ein niedriges Holztor und laufe einige Stufen hinab bis in einen von Fackeln und Bäumen eingefassten Innenhof, in dessen Mitte ein Brunnen plätschert. Zwei bunte Tuchhängematten sind zwischen den Bäumen aufgespannt. Räucherstäbe süßen die Abendluft mit ihrem klebrig-harzigen Duft.

Die Glastür gleitet zur Seite und ich betrete das Wohnzimmer, in dem gerade Vanilleeis verteilt wird. Die jungen Partygäste, mehrheitlich Studenten, tanzen zwischen Flachbildfernsehern, Sofas und impressionistischen Naturgemälden. Wie von selbst zuckt mein Blick durch den Raum und findet Lázaro am anderen Ende stehend. Er lehnt an einem schwarzen Klavier und blättert in etwas, das aussieht wie ein Stapel Notenhefte. Sein Lächeln schickt etwas quer durch den Raum in meine Stirn, lässt ein Lavendelfeld hinter meinen Ohren erblühen und in meiner Mundhöhle eine kleine gelbe Blume knisternd ihre Blüten entfalten.

Wir leben in einem Raum ohne Fenster und Türen, ohne Decken und Nähte. Stimmen wandern darin umher, Gedanken glimmen auf und Farben schweben wie blasse Geister als Echos von Wand zu Wand. Wenn wir glauben, ein Geräusch zu vernehmen, erreicht es uns nicht wirklich. Was wir bemerken, ist ein Signal, das an unser Gehirn übermittelt wird. Genauso berührt uns eine Berührung nicht wahrhaftig. Die Haut erzählt uns, die wir in dem fensterlosen Raum ausharren, lediglich eine Geschichte von der Berührung.

Es gibt ein klar begrenztes Spektrum an Körperbewegungen, die akzeptiert sind, einen fest abgeschlossenen Bereich aus geduldeten Bewegungen, Aussagen, Blicken und Fragen. Jetzt ist die Zeit, um vor dem unsichtbaren

Beobachter zu tanzen und zu trinken. Jetzt schließe ich die Augen und versenke mich in den Klang der Musik in meinem Körper. Dabei spüre ich, wie Lázaro die Hefte auf dem Klavierdeckel ablegt und in die Küche geht.

Und ich spüre, dass er ein Mensch und kein Mensch ist. Dass er nicht tief in sich gesunken an einem Ort weit hinter seinem Gesicht lebt, sondern ganz nah an der Oberfläche. Er ist ein Wesen, das stark genug ist, um andere stark sehen zu wollen.

Das Lied wechselt und die Stimmung ändert ihre Farbe von Gelb zu Blau. Weit aufgerissen und einsam tanzt Isabels Gesicht neben meinem. Ihr Paar grinsender Augen bohrt sich von der Seite in meine Wange. Manchmal ertaste ich das wahre Gesicht einer Person. Wenn ich es fühle und berühre, bin ich einer Wahrheit ganz nahe, dann sehe ich ein Kind.

Etwas abseits setze ich mich in einen Sessel. Mich auf mich selbst besinnen. In mein Zentrum zurückfinden und merken, dass ich auch unabhängig von anderen existiere. Ich kann nie sicher sein, was andere tun und denken werden.

„Aziza, worin verlierst du dich nur immer wieder?"

Es sind die Augen einer Schildkröte, die mich gefunden haben und wie zwei feuchte Wolken betrachten. Ihre Zunge ist ein Parasit, der eine ungeschützte Körperstelle wittert. Sie deutet auf meine nackten Füße, die sich in den weinroten Wollteppich graben und zwischen den Zehen Sträuße roter Fasern sprießen lassen.

„Ich bin der Meinung, Aziza, es verbirgt sich so viel mehr in der Dunkelheit unseres Innern." Irgendwo beginnt ein unterirdischer Fluss zu rauschen, wenn Leute so überzeugt auf uns einreden. „In der Art, wie du diese Teetasse hältst, sehe ich, dass du frei sein möchtest. Aber du bist es nicht."

Etwas zerfließt wie die gelben Eiscremereste auf den Tischen und Sideboards. Ein Strom aus ungebändigter Wut und nicht geweinten Tränen, der zugefroren war und nun dahinschmilzt.

„Dinge werden nie zum Vorschein kommen, erblicken niemals das Tageslicht“, fährt die Schildkörte fort. „Ihr Potential wird eines Tages gemeinsam mit unseren Körpern in der Erde versickern und niemals gedacht werden. Was wir denken, sind nur vereinzelte Leuchtfeuer. Na? Möchtest du nichts dazu sagen?“

Wie wäre eine Welt, in der man farblos und mit schlaffer Haut und Falten geboren und vollkommen entfaltet, straff, rosig und glatthäutig sterben würde?

„Du unterdrückst deine Gefühle, weil du Angst vor dir hast, Aziza. Vor dem, was du tun könntest. Du musst die Bestandteile deines Wesens verbinden und dich wieder als Ganzes fühlen.“

Ich schaue in ihre blassen Augen, diese blanken leblosen Scheiben, und die Wirklichkeit wird lose und austauschbar, alles kann von unendlich vielen Blickwinkeln aus betrachtet werden. Ich bin der Spiegel, ich spüre alles, ich habe nichts Eigenes, alles ist nur geborgt. Die verhornten Hände der Schildkröte, die sich am Türrahmen festhalten, öffnen und schließen sich in einem verstörenden Rhythmus.

„Du bist stark, wenn du etwas willst“, behauptet sie höhnisch. „Aber du kontrollierst deine Gefühle, und du kontrollierst deine Gedanken. In deinen Augen sehe ich einen ständigen Wechsel aus Offenheit und Verschlossenheit. In deinen Augen ist Energie. Feuer und Ausdauer. Man muss in deine Augen sehen, um deine Kraft zu erkennen.“

Ich taste nach dem gewellten Punkt, an dem meine Wirbelsäule auf meinen Schädel trifft und sich mit dem Kopf verbindet. Kalt betrachte ich dabei die Schildkröte, ihr runzliges Gesichtsfleisch, die weißen Knochen und rosa Sehnen. Entstelltes Flickengesicht aus abgerissenen und wieder angenähten Hautfetzen. Jetzt greift sie nach meiner Hand und beginnt, die Energielinien darauf entlangzufahren und in die weiche Mulde auf der Innenfläche zu drücken. Ein Schauer durchzuckt ihren Körper und lässt sie geistesabwesend die Augen schließen.

„Dein sehnlichster Wunsch ist es, diese beiden Wesen zu verbinden. Lass sie frei."

Wütend entziehe ich ihr meine Hand und renne über den nächtlichen Strand meines Geistes davon. Über das Waschbecken hinweg blicke ich in den Spiegel. Mein Gesicht starrt zurück wie ein ratloser Mond, ein blasses Oval, das sich dreht und dreht, kreiselnd um das reizbare Blau des Planeten, in einem schützenden, aber stets distanzierten Kreis. Eine Mondlandschaft von der Farbe gefleckter Eierschalen, mit violetten stromlinienförmigen Kratern, die den steilen Hügel des Nasenbeins flankieren. Auf ein beigefarbenes Tuch sind zwei dunkle Honigtropfen gefallen. Die Tropfen drängen nach außen, zwischen den feuchten Lidern schwanken sie, als wüssten sie mehr, als wollten sie sprechen mit lispelnden Wimpernmündern.

Während das Leitungswasser durch den mit Halbedelsteinen gefüllten Glaszylinder unterhalb des Hahns rinnt, es meine Hände umspült und sich ins Weiß der Keramikschüssel ergießt, hallt das Gespräch mit der Schildkröte wie ein Echo in mir nach, das nicht abnimmt, sondern nur mal leiser und mal lauter wird.

Über *acht Steine muss das Wasser fließen, dann ist es wieder eins,* steht in den gläsernen Aufsatz eingraviert. Aber das da ist ein Gesicht, dem die Menschen vertrauen. Das Gesicht im Spiegel, ich *bin* es nicht, doch erlaube ich anderen, sich darin häuslich einzurichten. Ich bin nicht wie der Elefant und das Schwein und der Delfin, die sich selbst im Spiegel erkennen. Meine Reflexion begrüße ich jedes Mal als ein mir fremdes Individuum. *Res extensa* und *res cogitans* bleiben isoliert – das kolossale Versagen der Zirbeldrüse.

In meiner Brust pocht jetzt eine offene, empfindliche Wunde, als ich wieder hinaustrete. Zugleich flattert dort ein überwältigendes und allumgreifendes Liebesgefühl, eine quecksilbrige Verbundenheit mit den Tanzenden. Der Schleier ist von einem warmen Regen davongewaschen worden. In diesem Moment sehe ich endlich seit langem wieder klar.

Mediodía

DIE VILLA

Neben verwässerten, langgezogenen Schrecken wie jenen, die zwischen den Buchdeckeln von Romanen auf sie lauerten, litt unsere Mutter auch unter urplötzlichen, jähen Nervenanfällen, die oft noch unerklärlicher erschienen. So erschrak sie einmal zutiefst vor den Pandabären auf meinen Strümpfen, deren Wangen kleine rosa Kreise waren, und brach in ein untröstlich verzweifeltes Schluchzen aus.

Ob sie weinte aus Bestürzung über ihr eigenes Erschrecken? Weil es ihr schemenhaft aufgehen ließ, dass ihr Verstand bereits zu weit abgedriftet war? Auf einer noch nicht gänzlich umnachteten Bewusstseinsebene musste ihr dämmern, dass ihrem Klammergriff um das Fundament der Realität, und damit ihrer Fähigkeit, Sinn in der Welt zu erkennen, allmählich die Kraft ausging.

Da ich mich nicht traute, ein Kleidungsstück in den Müll zu werfen, ließ ich die Strümpfe mit den Pandabären hinter der Unterhosenschublade in den dunklen Hohlraum der Kommode fallen und hoffte inständig, sie nie wiederzusehen. Erst an dem Tag, als Umzugshelfer unser Haus aushöhlten, als würden sie Kerne aus einer Melone schaben, und meine Mutter längst ihr Zimmer in der Klinik bezogen hatte, entdeckte ich sie unverhofft wieder.

Die Kommode war die Treppe heruntergetragen und in den Lastwagen verfrachtet worden, dessen Reifen unser Beet zerschnitten. Und da lagen sie, die kleinen Bärengesichter, in Staubflocken gehüllt auf dem Boden, und mir wurde klar, dass, was ich mir als eine schlundartige

Höhle innerhalb der Kommode, als ein abgeschlossenes Versteck gleich einer anderen Welt vorgestellt hatte, lediglich eine Öffnung in mein Zimmer hinein gewesen war, weil die Kommode gar keine Rückwand besaß.

Als Lyra mich fragt, ob ich Lust habe, mit in den Süden zu fahren, muss ich nicht lange überlegen. Ich beschließe, dass ein Ortswechsel mir guttun wird. Hier oben, im Norden, gehen mir die kläffenden Hügel zu sehr unter die Haut. Sie knabbern an meinem Verstand und lassen ihn krümeln wie ein liegengelassenes Kuchenstück.

„Láz, Paco und Isabel werden auch dort sein. Und noch ein paar Freunde. Du kannst dort schwimmen gehen und, wenn du magst, mehr über unsere Gruppe erfahren, darüber, was wir tun."

Nach einer Stunde Fahrt halten wir vor einem villenartigen, von einer ockerfarbenen Mauer umschlossenen Gebäudekomplex. Auf der Mauer balanciert ein argwöhnisch dreinschauender Kater. Ein Schild über der Holztür verkündet den Namen: *Villa Mariposa*.

Ausgelassene Stimmen schieben sich über den Mauersims. Und noch ein anderes, zarteres Geräusch liegt auf dem Grundstück wie ein Ölfilm. Ein Flüstern wie von tausend flügelschlagenden Lippen, eine Klangglocke aus Rascheln und Knistern, das sich zu einem sphärischen Rauschen vernetzt.

Lázaro zieht an einer Schnur, woraufhin im Innern eine Glocke läutet. Das Gelächter und die Gespräche geraten kurz aus dem Tritt, jemand ruft „Komme!", und Schritte nähern sich. Ein Riegel wird beiseitegeschoben und Paco steht grinsend vor uns.

„Willkommen in der Villa!" Er macht einen Schritt zur Seite und lässt uns eintreten.

Im Innenhof befindet sich ein blühender Kräuter- und Obstbaumgarten. Ein Pfad aus Steinplatten führt, sich zu den Seiten hin zwischen allerlei tropischen Gewächsen verzweigend, über schwarze Muttererde zu einer überdachten Sofalandschaft und dem Hauseingang. Während wir tiefer in den Garten vordringen, entdecke ich Zitronen- und Maulbeerbäume, Granatäpfel, Feigenkakteen und Mangos, gelbe Papayas und orangefarbene Kakis. In den Baumkronen rascheln Flughunde mit brauner Lederhaut, schlafend hängen sie wie glänzende Zapfen an den Ästen. Ungläubig strecke ich die Hände nach den duftenden, vor Nektar triefenden Blütenkelchen aus und streichle über die warmen Blattwedel der Bananenstauden.

Durch die fruchtzuckergetränkte Luft trudeln Schmetterlinge. Das Schlagen ihrer Flügel klingt wie der Ruf des Blumenherzens, wie die Angst vor zu viel Glück, vor warmen Baumstämmen und Sonnenbällen, die versinken. Angst vor dem Glänzen der Palmblätterstreifen im weißblauen Himmel, der sich in glasige Weite und Endlosigkeit auflöst...

„Manche Schmetterlinge sind schon viele hundert Jahre alt", erklärt Paco, der vor mir läuft. „Wir haben einen Falter hier, der so groß wie ein Falke ist. Er sitzt im Schatten und wird von uns mit Zuckerwasser gefüttert. Er ist sehr alt und staubig. Auf seinen Flügeln wächst Fell und er dünstet einen scharfen Raubtiergeruch aus. Wenn er sich bewegt, knistern seine Flügel, und aus seinem Rüssel kommt ein leises Fauchen."

Um einen Swimmingpool, der im zirpenden Dickicht wie ein feuchtes Maul klafft, sitzt eine vierköpfige Gruppe mit Bier und Zigaretten in der heißen Nachmittagssonne. Im trüben Licht des Pools treiben einige noch verschlossene Bierflaschen.

„Aziza! *Qué tal?*", ruft Isabel. Sie steht auf, um mich zu begrüßen, und drückt mir eine Flasche in die Hand. Noch immer scheint ihr eine gewisse Skepsis anzuhaften, doch ihr Gesicht hat freundlichere Züge angenommen als am Tag der Waldwanderung. Die anderen stellen sich mir als Caméon, Ismael und Eleonora vor.

Caméon reicht mir etwas Braunes, Vertrocknetes. Obwohl er mich anlächelt und freundlich wirkt, entdecke ich auch in seinem Blick diese leichte Befangenheit, die mir schon aus Isabels Zügen entgegengeschlagen ist. Vor lauter Schreck schlucke ich zwei dicke Fliegen herunter.

„Auf der Tamarinde kauen wir zum Nachtisch“, sagt er. „Wir pflücken Kaktusfeigen und essen sie, ohne uns die Lippen zu verletzen.“

Erst jetzt sehe ich, dass Isabels Haut Tattoos zieren – Schlangen, Skorpione und Phantasiewesen, abstrakte Muster, ein Fragezeichen und dornige Pflanzenranken winden sich, vom Ellbogen bis zur Schulter, um ihren Arm. Auf den mehrfarbigen Dreadlocks sitzt eine verspiegelte Sonnenbrille, in der sich, wenn sie den Kopf schräg legt, der Himmel und einige Wolken reflektieren.

„Aloe Vera benutzen wir gegen Sonnenbrand“, erzählt Eleonora gelangweilt. „Außerdem haben wir unter der Treppe eine Futterstation für Silberfischchen eröffnet: Ein Zuckerhügel in einer Schüssel aus zerdrücktem Papier, umgeben von einem winzigen Gartenzaun.“

„Wir kümmern uns gerne um Lebewesen“, sagt Ismael in erklärendem Tonfall. „Wenn einer von uns Nasenbluten hat, fängt er das Blut in einer flachen Schale auf. Damit füttern wir die Moskitos. Wir lassen die Schale nachts unter einer Lampe stehen, und bald scharen sich Stechmücken in einem dichten Kranz um die Ränder des Blutteichs und trinken, wie Gnus und Giraffen an einem Trinkwasserloch in der Savanne. Es ist schön anzusehen.“

„Dieser Ort ist wunderbar“, rufe ich aus und drehe mich um, doch die anderen sind schon weitergegangen und haben sich unter dem Dach niedergelassen, wo Korbsofas und Sessel stehen, außerdem ein massiver Holztisch und darauf ein Aquarium mit violett fluoreszierenden Quallen.

„Komm, ich zeige dir die Zimmer“, schlägt Lyra vor und so folge ich ihr ins Innere des Gebäudes. Wir durchqueren den Eingangsbereich, von dem drei Gänge abzweigen. Die Wände und Decken im Haus sind von namenlosen Bewegungen belebt. Bei näherem Hinsehen erkenne ich grüne, madenförmige Würmer, handgroß, die über jede freie Fläche kriechen. Lyra passiert sie und steuert auf die Treppe zu, ohne ihnen Aufmerksamkeit zu schenken, und so erwähne auch ich sie nicht.

„Im Erdgeschoss findest du die Küche, Bäder, ein Wohnzimmer und ein Arbeitszimmer", erklärt sie. „Oben sind die Schlafzimmer."

Im ersten Stock teilt sich ein Flur nach zwei Seiten hin auf. Wir betreten einen Raum, dessen Wände mit braunen Rankenmustern verziert sind. Wie in einer Jugendherberge klemmt am Kopfende jedes Bettes eine Nachttischlampe über einem Steckdosenanschluss und zwischen zwei Hochbetten steht jeweils ein hoher Schrank. Lyra durchquert den Raum und öffnet eines der Fenster.

Auch hier pulsieren die Wände von dem stillen Kriechen giftgrüner Leiber. Meine Neugierde siegt und ich trete näher an eines der Tiere heran, das mit schwerfälligen Raupenbewegungen an einem Bettpfosten hochkrabbelt. Sein Körper ist aus Segmenten zusammengesetzt, die sich aufblähen und zusammenziehen. Schwarze Linien überziehen die chitinartige Oberfläche und rote Punkte säumen die feineren Segmente. Am Kopfende befinden sich zwei ausgefranste Öffnungen, die sich bewegen und dabei wie kleine Fähnchen flattern und ein kaum hörbares Schnaufen ausstoßen. Mit der Fingerspitze berühre ich eines der silbernen Büschel, die unter dem Kopfpanzer hervorragen, und unmerklich zuckt das Wesen zurück.

„Die Raupen häuten sich mehrmals in ihrem Leben." Lyra lehnt sich hinaus und greift nach einem Handbesen, der auf den Dachziegeln liegt. „Aber in der Sonne verbrennen sie. Vor den Türen und Fenstern liegen deshalb ihre aschenen Körper. Ihr Panzer ist noch fest und erhalten, aber der Inhalt ist zu Staub zerfallen."

Sie schrubbt ein paar Mal über den Fenstersims, wobei eine Aschewolke aufstiebt. „Trotzdem ist ihr Lebensraum nicht im Norden oder in einer kühleren Gegend gelegen, wie man vielleicht annehmen würde. Sie überleben nur im Schatten der Häuser. Es gibt sie erst, seitdem es Häuser gibt."

Lyra dreht sich wieder zu mir um. „Wir wollen ungefähr in einer Stunde zu Abend essen. Wenn du magst, kann ich dir vorher noch den Weg zum Meer zeigen."

Ich lache schwach. „Das Meer und ich haben ein etwas angespanntes Verhältnis."

„Hm. Vielleicht musst du wortwörtlich ins kalte Wasser springen."

„Ja, wahrscheinlich. Brauchen die anderen keine Hilfe beim Abendessen?"

Sie winkt ab. „Wir wechseln uns ab. Heute kümmern sich Cam und Isabel darum."

„Ich würde es mir zumindest gerne anschauen", sage ich. „Das Meer."

„Gut", sagt sie. „Dann zeige ich dir den Weg."

KLAGENDE HAIE

Wir verlassen den Garten durch das Tor, laufen über einen Schotterweg und durch die verwüstete Hügellandschaft. Schutthaufen und abgeschlagene Palmenzweige säumen den Wegesrand; zwischen Steinen in allen erdenklichen Brauntönen bilden gelbliche Sträucher und aufgehäufte vertrocknete Zweige wilde Nester. Der Erdboden wirkt wie von riesigen Termiten durchwühlt, als hätte ihn etwas von innen nach außen gestülpt, ihn ausgeweidet. Schwer zu unterscheiden, wo menschliche Einflüsse zu der Verwüstung beigetragen haben und wo diese schlicht dem natürlichen Zustand der Landschaft entspricht. Kurz darauf treffen wir auf eine zweispurige Straße. Dahinter führen staubige Pfade ins Nichts – der Horizont scheint hinter der Kante einfach abzubrechen, in den Himmel zu fallen.

„Warum wolltest du eigentlich auf einer Insel leben?", fragt Lyra. „Wo du dich so sehr vor dem Meer fürchtest?"

Unter unseren Schuhen knirscht loses Geröll. Die Zehenriemen der Flipflops schneiden mir in die Haut, während ich über die Steine balanciere.

„Ich habe mir einmal geschworen, Dinge, vor denen ich Angst habe, erst recht zu tun", antworte ich.

Als wir uns der Klippe nähern, sehe ich, dass der Horizont hier doch nicht endet. Er geht bloß in eine andere Seinsform des Planeten über, verwandelt sich von verdorrter Festigkeit in ein sprühend flüssiges Blau. Zwei unvereinbare Kontraste schmiegen sich unbeugsam ineinander. Weit draußen, wo die Wellen verschwimmen und Wolken sich zusammenbrauen, treibt, nicht mehr als ein verschwindender Fleck auf der Netzhaut, ein möwenähnlicher Vogel im Wind. Er lässt sich von wärmeren Strömungen hochheben und schlittert still über die Bahnen aus Luft.

Wir folgen der Abbruchkante, steigen zum Strand hinab und erreichen eine windgeschützte Bucht mit groben Kieselsteinen. An der Felswand entlang taste ich mich, Lyra folgend, bis zu den Knöcheln ins Wasser, und bin bemüht, auf dem unebenen Grund das Gleichgewicht zu halten. Oh, diese Farbe. Dieses funkelnde, blitzende Blau des Abends, das Kitzeln der Wellen an meinen nackten Zehen, es ruft etwas wach… Ein trotziges Verlangen, einen aufbegehrenden Willen. Ich weiß nun, dass ich mich trauen werde, ins Meer zu gehen, in naher Zukunft, und sei es nur, um mich meiner eigenen Existenz zu versichern, um zu beweisen, dass ich noch immer der Käpt'n meiner Seele bin.

Der Vogel segelt unbeirrt über dem Wasser. Im Zickzackflug nähert er sich der Küstenlinie. Es gibt keinen Anhaltspunkt über den Wellen, der mir einen Hinweis auf seine Größe geben könnte. Doch je näher er kommt, desto weniger halte ich ihn für eine Möwe. Seine mächtigen Schwingen schneiden wie Säbel durch die Luft und die kurzen Beine baumeln unter ihm wie ungelenke Entenfüße. Durchscheinende Schwimmhäute spannen sich zwischen drei dünnen Zehen.

Ich habe gehört, dass Albatrosse Sturm brauchen, eine rasche Durchwühlung der Ströme, um sich in die Luft zu erheben. Wenn der Himmel still und friedlich daliegt wie ein ordentlich gefaltetes Betttuch, ist ihre einzige Möglichkeit zur Fortbewegung ein watschelnder Entengang.

Als wir zurückkehren, ist der lange Tisch gedeckt. In einer rußigen dreifüßigen Grillschale häuft Ismael kleine Kohleblöcke zu einem Berg auf und kippt Spiritus darüber. Eleonora steht daneben, in sich gekehrt, gedankenverloren oder einfach müde; sie entzündet ein Feuerholz und wirft es auf den spiegelnden Kohlehaufen. Im nächsten Moment flammt die Luft darüber golden auf.

Da erst bemerke ich eine weitere Person. Es ist eine ältere Frau, die mit einer blauen Gießkanne die Topfpflanzen an der Mauer wässert. Ihre Kreolenohrringe blitzen im Abendlicht und scheinen mir zu winken.

„Wer ist das?“, frage ich an Lyra gewandt.

Sie folgt der Richtung meines Blicks.

„Ach, das ist Rosa. Eine unserer Mentorinnen.“

Die Flammen über dem Grill züngeln jetzt niedriger, scheinen eine Haaresbreite über den Kohlen zu schweben, ohne diese zu berühren. Bald werden sie sich in Rauch auflösen. Aus der Küche klingelt ein Wecker.

„Wer ruft an?“, fragt jemand.

„Das Brot.“

„Das Brot ruft an und sagt –“

„Mir ist so heiß.“

„Holt mich hier raus.“

Ich beobachte, wie Rosa die Gießkanne beiseitestellt und sich in einer Hängematte zwischen zwei Baumstämmen niederlässt. Mit einem Bananenwedel fächelt sie sich träge Luft zu. Wie sie so daliegt, die Haut ledrig, gegerbt von Wind und Salz, wirkt sie wie eine ägyptische Tochter der Sonne, als könnten sich auf ihr Geheiß die Flussbetten Nivarias mit Regen füllen, als bräuchte es nur einen müden Wink von ihr, um die glutstaubigen

Oktoberwiesen unter Vogelgezwitscher fett und grün anschwellen zu lassen. Als sie bemerkt, dass ich mich ihr nähere, kommt Leben in ihr Gesicht und ein sonnenvernarbter Finger richtet sich auf mich.

„Quién es esta chica?"

Feucht und pelzig kommen die Worte heraufgekrochen. Sie zieht zweimal an einer edelsteinbesetzten Knochenpfeife – Qualm, der sich in ihrer Lunge verfärbt und die Farbe von Lapislazuli annimmt, bevor sie ihn wieder zwischen den spröden Lippen hervorstößt, umwölkt ihren Kopf.

„Ich heiße Aziza", antworte ich steif.

„Hast du die Geister gesehen, Aziza?"

„Geister?"

„Sie folgen dir."

Reflexartig schüttele ich den Kopf, dreimal nach links, dreimal nach rechts, kurz und abgehackt, ein Automatismus aus meiner Kindheit.

„Mach ihr doch keine Angst, Rosa", sagt Ismael, der inzwischen zu uns getreten ist.

Die Frau rappelt sich in ihrer Matte auf, um ihn wütend anzufunkeln.

„Soll ich denn die Wahrheit nicht aussprechen, Junge? Soll ich nicht sagen, was meine Augen klar und deutlich sehen?"

„*Tranquílate.* Ich meine ja nur, dass wir sie nicht grundlos beunruhigen müssen."

Sie wirft noch ein empörtes Schnauben in seine Richtung, bevor sie ihre staubige Hand auf meinem Knie ablegt.

„Die Geister können dir nichts tun, Kind. Sei unbesorgt. Wovor du dich in Acht nehmen musst, das sind die klagenden Haie. Weißt du, was es mit ihnen auf sich hat?"

Ich schüttele den Kopf, diesmal lediglich, um eine Verneinung zu signalisieren, nicht um eine unsichtbare Bedrängnis abzuschütteln, denn ich habe noch nie zuvor von Haien, die klagen, gehört.

„In sternenklaren Nächten“, erklärt sie, „wenn das Meer sich in flüssige Asche verwandelt und der Horizont sich dem Auge bis auf wenige Millimeter nähert,“ – sie legt einen Finger auf ihr Augenlid – „hört man da draußen manchmal ein Rufen. *Hilfe, Hilfe*, ruft eine verzweifelte Kinderstimme. Mal klingt es wie das katzenhafte Weinen eines Säuglings, mal wie ein Schrei oder ein hohes Krächzen. Aber wehe der guten Seele, die hinausschwimmt, um das Kind zu retten. Ismael, sag ihr, was geschieht!“

Er seufzt. „Die Haie erzeugen die Geräusche, die wie Hilferufe klingen. Aber sie wollen ihre Opfer bloß ins tiefere Wasser locken, um sie dort zu fressen.“

Bevor wir uns zum Essen am großen Tisch versammeln, muss ich Señora Rosa versprechen, mich nicht von den Haien in die Irre führen zu lassen. Ich bedanke mich für den Hinweis und versichere ihr, in Zukunft aufzupassen. Zufrieden nimmt sie mir gegenüber Platz und fordert mich ungestüm auf, mich an dem Essen zu bedienen. Isabel und Caméon haben Spieße aus Paprika, Tofuwürfeln und braunen Pilzen zubereitet, außerdem marinierte Auberginen, Zucchinistücke und Brot mit selbstgemachter Kräuterbutter. Dazu gibt es runde, mit einer Salzkruste überzogene Kartoffeln, zusammen mit grünem und rotem *mojo*.

Während des Essens überkommt mich mehrmals ein unbestimmtes schattenhaftes Gefühl. Es kommt mir vor, als würden wir uns an der künstlichen Oberfläche von etwas aufhalten, das noch im Verborgenen bleiben soll. Obwohl alle ausgelassen sind, durcheinanderreden und lachen, wirkt es, als sprächen sie behutsam, wie um ein heikles Thema zu umschiffen, so, als wandelten sie auf Träumen.

Fliegen summen in den Tellern. Der mir schräg gegenübersitzende Ismael lauscht schmunzelnd den Gesprächen, wobei sich von Zeit zu Zeit ein Lächeln in sein Gesicht schleicht und es plötzlich aufhellt. Eine Reihe weißer Zähne, von denen einer zur Hälfte abgebrochen ist, sprießt aus seinen Lippen. Eleonora hat ihr Handy neben den Teller gelegt und wirft verstohlene Blicke darauf.

„Wie gut kennst du dich mit der Mythologie unseres Archipels aus?“, fragt Rosa mich nach einer Weile. Vom anderen Ende des Tisches aus lächelt Lyra mir aufmunternd zu.

Ich antworte der Wahrheit entsprechend. „Ehrlich gesagt weiß ich überhaupt nichts darüber.“

„Wenn du unsere Gruppierung verstehen möchtest“, stellt die Señora fest, „müssen wir vermutlich dort ansetzen. Ein Teil unserer Ideen basiert auf alten Geschichten, die sich um den Archipel ranken. Zumindest sind Ideen und Mythen eng miteinander verwoben und inspirieren sich wechselseitig.“

Die Unterhaltungen der anderen sind leiser geworden oder gänzlich verstummt.

„Was denkst du, Aziza, tun Mythen?“

Ich fahre mit den Fingern durch meine Haare. Dabei lösen sich einzelne Haarfäden, die ich hervorziehe. Durch Zwirbeln und Drehen entsteht zwischen meinen Fingerspitzen eine Haarnuss, eine kleine verfilzte Kugel von hellbrauner Farbe.

„Sie faszinieren, unterschwellig“, sage ich. „Ich denke, so wie die meisten Geschichten tragen sie neben ihrem manifesten Inhalt, dem Inhalt der Bilder und Worte, auch einen latenten Pulsschlag in sich, der die Melodien ferner Quellen besingt. Quellen, die so tief verborgen sind wie die Menschheit alt ist.“

„Es gibt unzählige Legenden, die sich um die Purpurinseln ranken“, sagt Rosa nickend. „Eine erzählt von einer magischen achten Insel. Man nennt sie *Non Trubada*, die Unerreichbare. Oder *Isla Flotanda*, die Treibende. Angeblich beschreiben alte Seekarten ihren Standort und Menschen wollen sie in der kürzesten Nacht des Jahres, der *Noche de San Juan*, von der Nachbarinsel aus gesehen haben."

Jemand, vielleicht Cam, gibt ein belustigtes Grunzen von sich.

„Und Sie glauben, diese achte Insel existiert wirklich?", hake ich nach.

Rosa schüttelt heftig den Kopf.

„Nein, nein. Viel wahrscheinlicher ist, dass es sich um Luftspiegelungen oder außergewöhnliche Wolkenformationen handelt als um ein übernatürliches Phänomen, nach allem, was uns die Erfahrung mit den Naturgesetzen gelehrt hat. Dennoch ist es wichtig, Geschichten wie diesen nachzuspüren, denn oft verbirgt sich in ihnen ein wahrer Kern. Mythenlehre ist daher eines der Wissensgebiete, mit denen sich die Guanchamánes-Schüler besonders intensiv auseinandersetzen."

„Guanchamánes nennt sich Ihre Gruppierung?"

Sie nickt und lehnt sich zurück.

„Außerdem sollen unsere Schüler von der Flora und Fauna der Insel erfahren. Damit sie fähig sind, stets respektvoll mit der Natur umzugehen. Schließlich ist sie es, die uns am Leben hält und die Geheimnisse in sich trägt, denen wir auf den Grund gehen wollen. Nur wenn wir sie respektieren, können wir uns selbst respektieren. Daher werden die Schüler auch in Umweltkunde unterrichtet."

Nun erinnere ich mich wieder an die Ordner über Lázaros Schreibtisch.

„Wir betreiben eine Art universeller Suche nach Sinn und Spiritualität. Wir beziehen transzendente Mythen aus der ganzen Welt in unsere philosophischen Überlegungen mit ein, um der Wahrheit so nahe wie möglich zu kommen. Wir haben eine Möglichkeit gefunden, modernste Wissenschaft mit Philosophie und Spiritualität zu vereinen." Rosa räuspert sich. „Die indigenen Völker Nordamerikas glaubten beispielsweise an die Macht der Träume. Sie glaubten, dass durch Träume Geisterwesen mit ihnen in Kontakt treten wollten. Gleichzeitig offenbarten Träume in ihrer Vorstellung die unbefriedigten Wünsche der Seele. Medizinmänner halfen bei der Traumdeutung."

Sie hält inne und senkt ihren nun brennenden Blick auf mich. „Aziza, wir glauben, dass du das Potential besitzt, den Guanchamánes auf ihrem Weg zur Wahrheit weiterzuhelfen. Du könntest unsere achte Schülerin werden."

„Wahrheit ist doch immer subjektiv", wendet Eleonora ein.

„Wie genau könnte ich der Organisation behilflich sein?", erkundige ich mich.

„Zunächst einmal würdest du wie alle Schüler den Unterricht besuchen. Mythenlehre, Meditationen, Wanderungen in der Natur mit Pflanzenbestimmungen."

„Keine gruseligen Initiationsriten", beruhigt mich Paco.

„Und du musst dir im Klaren darüber sein, dass dies trotz allem eine geheime Organisation ist", sagt Rosa streng. „Stillschweigen über jegliche Art von Aktivitäten oder Informationen ist die wichtigste Regel. Und das heißt Stillschweigen auch gegenüber Familienmitgliedern und engen Freunden. Nicht einmal in einem Tagebuch dürfen Informationen über die Gruppierung auftauchen."

„Jetzt klingt es schon wieder nach unheimlicher Sekte", seufzt Paco.

„Das sind wir ja auch", erwidert Eleonora.

Rosa fährt ungerührt fort: „Zu diesem Zweck müsstest du einwilligen, dass man dich überwachen wird. Die Organisation verfügt über Mittel und Wege, um deine Diskretion zu überprüfen."

Ich blicke Rosa fragend in die Augen. „Was genau heißt überwachen?"

„Es heißt, dass deine Telefongespräche und Chatverläufe, aber auch deine Aktivitäten außerhalb deiner Wohnung von unseren Mitarbeitern kontrolliert werden dürfen. Es handelt sich um reine Sicherheitsvorkehrungen. Es gibt einen Vertrag, der dich verpflichtet, absolutes Stillschweigen über unsere Angelegenheiten zu bewahren. Dieser Vertrag hält ebenso fest, dass wir unsererseits die Daten und Informationen über dich streng vertraulich zu behandeln haben."

Ich stütze das Kinn auf meiner Faust ab.

„Tut mir leid, aber das klingt alles etwas übertrieben."

Rosa nickt betont verständnisvoll. „Das ist nachvollziehbar, in deiner jetzigen Position. Du musst wissen, dass die Sicherheitsregeln lediglich dem Schutz der anderen Guanchamánes-Mitglieder dienen. Wir sind gezwungen, diese Vorkehrungen zu treffen."

Meine Erwiderung ist ehrlich ratlos. „Aber was ist so brisant daran, die Natur zu erforschen und sich gemeinsam über alte Legenden zu informieren? Ich sehe keinen Grund dafür, diese Sachen zu verheimlichen."

„Das Brisante kommt erst im zweiten Schritt", murmelt Isabel. „Wenn du dich bewährt hast."

„Wenn klar ist, dass wir dir vertrauen können", pflichtet Rosa ihr bei. „Wäre diese Organisation ein Eisberg, nun ja, man könnte sagen, dass du gerade erst einen Teil des über der Wasseroberfläche liegenden Bereichs gesehen hast. Das Risiko, das du eingehst, besteht darin, uns zu vertrauen, dass der unter Wasser liegende Teil es wert ist, gesehen zu werden."

Beschwichtigend legt sie ihre Hand auf meinen Unterarm. „Das alles klingt vielleicht beunruhigender als es wirklich ist. Aber was wir von dir verlangen, ist lediglich, unser Gebot der strengsten Geheimhaltung zu akzeptieren. Ansonsten brauchst du nur Neugier der Welt gegenüber. Sozusagen für das, was die Welt im Innersten zusammenhält", schließt sie. „Genau daran forschen wir nämlich."

Später räumen wir den Tisch ab und ziehen in die Sofalandschaft um. Es ist noch warm, doch einige wickeln sich bereits Wolldecken um die Beine. Als Rosa ins Haus geht, trägt Paco eine Shisha heraus, und wenig später beginnt sie zu blubbern und hellen Dampf in Münder abzugeben. Oben leuchtet die Kohlenschale wie eine glühende Krone.

Die Gespräche verflüssigen sich jetzt rasch. Mein Verstand beginnt abzudriften – die Schmetterlinge und Falter schlafen, aber die Dämonen klettern flüsternd in die Baumkronen des Gartens, kratzen an den Rinden und reißen Blätter ab. Die Strelitzien wackeln mit ihren Kranichköpfen und die Tentakel der grünen Wolfsmilch schwellen im Schein der Gartenlaterne bedrohlich an.

Ich kann nicht sagen, wie viel Zeit vergangen ist, als Lázaro mich mit gerunzelter Stirn fragt „Und, was denkst du wirklich über uns?“ und eine Wolke rosafarbener Dampf aus seinem Mund stiebt.

Die Frage reißt mich aus einer wichtigen Beobachtung heraus, nämlich aus meiner Beschäftigung mit einer phosphoreszierenden Schuppe, die sich in meiner Armbeuge gebildet hat und juckt. In den letzten Minuten oder Stunden konnte ich mitansehen, wie sie dort entstand. Nun ziehe ich, erschrocken über die unvermittelte Frage, die Decke bis zum Hals.

„Naja. Es ist interessant, was ihr tut. Obwohl ich anscheinend ja bisher nur die Spitze des Eisbergs gesehen habe.“

Es ist keine große Hautstelle, vielleicht so breit wie mein Daumennagel. Aber sie irritiert mich so sehr, dass ich nicht anders kann, als sie unter der Decke wie wild zu kratzen. Auch wenn ich nicht hinsehe, kann ich ihre funkelnde, raue Oberfläche mit den Fingern ertasten.

„Wir beschäftigen uns mit Dingen, die auf andere seltsam oder abergläubisch wirken können“, sagt Lyra. „Manchmal sogar auf uns selbst. Genauer gesagt, ist es sogar unser Ziel, unsere Tätigkeiten seltsam und abergläubisch wirken zu lassen. So sind wir geschützt.

Andere halten uns für eine verrückte Sekte und lassen uns in Ruhe."

Paco kichert. „Ich glaube, das ist uns gelungen."

Eine Veränderung ist mit der Gruppe, mit den Bäumen und den Pflanzen des Gartens, mit der uns umgebenden Luft vorgegangen.

„Denkst du denn, dass du es ausprobieren willst?", fragt Caméon.

Die Stimmen schneiden plötzlich wie kaltes Eisen in mein Gehirnfleisch. Sie wühlen in meinem Bauch und ätzen sich unter meine Haut. Aus Caméons Mund kommen scharfe Zungen gekrochen, Pacos Worte sind Krokodile, deren dunkle Leiber auf dem Boden neben dem Tisch kriechen. Eleonoras Haut ist überzogen mit einem grünen Schleim, der ihr vom Scheitel bis in die Augen trieft. Doch sie weigert sich zu blinzeln; gleichmütig lässt sie den Schleim in ihre Augen dringen. Entsetzt betrachte ich Lyra und sehe an der Seite ihres Halses, halb verdeckt von Haarsträhnen, ein verdächtiges Stück Haut, faustgroß, das mit grauem Fell bewachsen ist.

Das Schlimmste an der Situation ist wohl, dass die anderen es ignorieren. Sie verhalten sich, als wäre alles in Ordnung, und das verwirrt mich am meisten. Allein Lázaros Perlmuttaugen blicken mich, durch das Chaos hindurch, unverändert fest an. Er sieht, wie ich den Kopf hin und her schüttele, um die Bilder loszuwerden.

Ich kann es nicht verhindern – immer dann, wenn ein Gedanke zu real wird, schüttele ich reflexartig meinen Kopf. Nachts ist das ein kurzes Ratschen der Decke, von dem ich selbst erschrocken zusammenzucke – ausgelöst durch ein Krampfen meiner Nackenmuskeln, die sich gegen eine zu eindringliche Vorstellung wehren.

„Vielleicht... Ich muss darüber nachdenken", sage ich endlich leise.

Lázaro stimmt mir zu. „Nimm dir Zeit zum Nachdenken. Wir alle würden uns freuen, dich bei uns aufzunehmen. Aber es ändert sich auch nichts, solltest du dich dagegen entscheiden." Lyra, Paco und Cam nicken zustimmend, Isabel starrt auf ihre Knie, und Ismael rutscht auf seinem Platz am Rand des Sofas unruhig hin und her. Eleonora mustert Lázaro aus von Skepsis verkohlten Augen.

„Láz möchte, dass du dich dagegen entscheidest", sagt Cam belustigt.

„Wenn du dich entscheidest, dass es nicht das Richtige für dich ist", fährt Lázaro fort, „wird dir das niemand nachtragen. Uns allen ist klar, dass von einem Mitglied viel verlangt wird. Und nicht jeder möchte diesen Preis zahlen."

„Der Preis, in dessen Gegenzug ich die Wahrheit erhalte", ergänze ich, gedankenverloren nickend.

„*Eine* Wahrheit", sagt Eleonora.

„*Truth, not reality*", sagt Lázaro.

PERLMUSCHEL

Barfuß sind wir durch die Dünenwüste bis zum Ozean gewandert. Nebeneinander stehen Lyra, Isabel und ich auf dem Felsenvorsprung und schauen auf die blendende Wasseroberfläche. Unterwegs ist ein brennender Wille in mir gereift. Eine grelle Leuchtkraft züngelt in meinem Bauch. Heute könnte der Tag sein, an dem ich meine Angst überwinde.

„Springt ihr rein?" frage ich.

In dem Moment haben sich Isabels Füße bereits vom Boden abgedrückt. Ihr schweißglänzender Körper segelt durch die Luft und erscheint sekundenlang schwerelos, nur um erneut von der Masse des Planeten angezogen und ins Innere der Wellen gerissen zu werden. Eine Sekunde später tut Lyra es ihr gleich.

Ich drehe mich um und sehe ein Stück entfernt Lázaro die Klippen herabklettern. Aus einem unerfindlichen Grund und so stark, dass mein Körper eine eigene Entscheidung trifft, erschrecke ich. Ehe ich weiß, wie mir geschieht, trete ich über die Felsenkante.

Der Aufprall ist kalt und roh. Innerhalb eines Sekundenbruchteils wird meiner Haut ihre wärmende Lufthülle entrissen, fühle ich mich nackt und ausgeliefert, zugleich aber in der Dunkelheit restlos geborgen. Geknebelt und befreit versinke ich, voller Grauen, abgeschnürt, stranguliert, aber gelöst, erlöst. Wie ein Stein sinkt mein Körper hinab, fort von allen Fragen und Gedanken. Tiefer und tiefer, bis es dunkel wird und still. Der Druck des Wassers pfeift im Trommelfell, der Wasserwiderstand zupft drohend am Haar, lässt es wie einen Kometenschweif über meinem Kopf schweben, eine Kerze aus braunen, wogenden Algen.

Das Grün der Unterwasserwelt durchwebt ein dumpfer Ton aus Metall. Dieser Ton zittert in den Lichtbalken, die, von dem flackernden Kreis über mir ausgehend, wie Lanzen in die trüberen Tiefen stechen. Er knistert in den Luftblasen, die sich kitzelnd an meinem Körper entlang einen Weg in die Höhe bahnen, mir durch die verschlafenen Finger und schillernd auf den Himmel zu rinnen, der sich schwerelos entfernt.

Entgegengesetzt zum Himmel fällt mein Körper. Fällt durch die Dunkelheit dem Meeresgrund entgegen. Die letzten schimmernden Luftgebilde fahren mit eisigen Kuppen die Konturen meines Körpers nach und tänzeln an unsichtbaren Hindernissen vorbei zur Oberfläche. Der Druck auf meinen Ohren wird lauter, dröhnender, wird zu Schmerz. Und doch kann ich mich nicht wehren gegen diese kalte Umarmung. Der grüne Ton ruft nach mir und gegen sein Rufen bin ich machtlos.

Das Meer kommt mir jetzt nicht mehr fremd und bedrohlich vor. Ich bin bereit, mich der Wahrheit zu stellen. Einen Blick auf die andere Seite zu erhaschen, auch wenn das Auge, das blickt, es mit dem Bild auf der Netzhaut vielleicht nicht wieder zurückschaffen wird. Ich schwebe auf das Innere der Welt zu, nähere mich ihrem Kern, der Wahrheit, selbst wenn diese Wahrheit das Ende meines Ichs bedeuten sollte. Kann ein Mittelohr platzen? Und doch – etwas ist hier unten. Jemand wartet auf mich am Meeresboden, in den Schatten auf dem Weg zur Bewusstlosigkeit. In einer Abzweigung auf dem Weg zum tiefsten Schlaf, in einem Wurmloch, bevor die Singularität alles Licht verschluckt.

Das Brennen in meiner Lunge steigert sich parallel zum grünen Ton, dringt kreischend durch das trübe Licht und schrillt in den Schatten, bis es fast unerträglich laut ist. Gleichzeitig erkenne ich mit fernem Entsetzen, dass die Zeit nicht mehr reicht, um aufzutauchen.

Mein Brustkorb hebt und senkt sich in unkontrollierten Zuckungen. Ich muss meine Lippen öffnen, muss den Ozean in mich eindringen lassen. Meine Schläfen beginnen zu pochen, und ich richte die Augen nach oben. Lege sie ab in den hellen Enden der Wasserschnüre, wo die Luft beginnt, und in der blau gekräuselten Glaswand, die so weit entfernt ist, dass ein Kirchturm zwischen uns Platz finden würde.

Das Glas splittert und goldene Fische fliegen in alle Richtungen. Hoch über mir zerplatzt und zerschäumt die schimmernde Trennfläche zwischen Wasser und Luft. Hinter den Blasen erscheint ein Schatten, lang und stromlinienförmig, ein Hai, ein Alien. Kopfüber gleitet er herab, taucht auf mich zu, und Wellenbewegungen durchlaufen die Silhouette des fremdartigen Wesens.

Fast im selben Moment hat es mich erreicht, nimmt meinen Kopf in beide Hände, presst seinen Mund fest auf meinen und gibt mir seinen Atem. Mein Körper ist gierig, saugt seine Lungen bis auf den letzten Tropfen leer, der Überlebensinstinkt alles überlagernd. Nackte Todesangst hat mich zu einem instinktgesteuerten Organismus gemacht, dessen höchstes Ziel das Weiterleben ist, koste es, was es wolle.

Ohne zu begreifen, was geschieht, umklammere ich Lázaros Handgelenke und atme keuchend ein und aus. So schweben wir im Dunkeln, atmen in entgegengesetzten Rhythmen, wie ein einziges Wesen, ein einziges Lungensystem. Er packt mich am T-Shirt und unser Atem vermischt sich, bleibt weiterhin verbunden, während er uns mit behutsamen, flossenartigen Bewegungen zurück zur Oberfläche steigen lässt.

Ein Stück entfernt von der Stelle, an der ich ins Wasser gesprungen bin, tauchen wir auf und ich schnappe nach Luft. Lyra kauert an der Kante des Vulkangesteins und streckt mir ihren Arm entgegen. Ich ergreife ihn und ziehe mich hoch, sinke tropfend und mit klappernden Zähnen auf das scharfe Gestein. Lázaro steigt hinter mir aus dem Wasser, mit blauen Lippen, doch kaum außer Atem.

„Aziza, du blutest", stößt Lyra hervor und streicht mir die nassen Haarsträhnen aus dem Gesicht.

„Was ist passiert?", fragt Isabel bestürzt.

„Ich weiß es nicht. Ich wurde immer tiefer gezogen."

Reflexartig folgt meine Hand ihren Blicken zu meinem Ohr. Als ich sie wieder vors Gesicht führe, sehe ich eine feine hellrote, mit Meerwasser vermischte Blutspur an meinen Fingern kleben.

„Ich glaube nicht, dass dein Trommelfell verletzt wurde, aber du solltest dich von einem Arzt untersuchen lassen", sagt Lázaro.

„Es tut nicht weh", beteuere ich. „Ich glaube nicht, dass ich einen Arzt brauche."

„Wir schauen mal, wie du dich in den nächsten Stunden fühlst." Lyra legt meinen Arm um ihre Schulter und zieht mich hoch. „Ob du Schmerzen hast oder ob dir schwindelig wird. Es könnte sein, dass durch den Überdruck eine Ader in deinem Gehörgang gerissen ist. Ich hoffe, es ist nur eine äußerliche Verletzung."

„Es geht schon." Während wir in schleppendem Schritt zurück zur Villa stolpern, kann ich nicht anders, als wieder und wieder zu sagen: „Es geht schon. Es geht schon."

In den darauffolgenden Tagen erscheint es mir wie ein heilsamer Segen, Tag und Nacht so nah bei den anderen verbringen zu können. Ihren Atem zu hören und ihre Nähe zu spüren. Ich sage mir: In einer Gruppe von

Menschen, in einem Rudel, ist alles erträglicher, dringt die Angst nicht so tief, zumindest stürzt man nicht ins Bodenlose, wenn sie kommt, sondern man ist umgeben von einem sozialen Gefüge, einem Netz aus menschlichen Wesen.

Dann wieder wandelt sich das Gefühl, wie stets, und ich beginne, mich vor Berührungen, nicht nur den körperlichen, zu scheuen, ja, sie zu fürchten, ich fürchte mich davor, von Blicken getroffen zu werden – wenn es geschieht, verkrieche mich vor Bedrängnis tief in mein Inneres. Wenn ich morgens einer anderen Person begegne, verkrampft sich mein ganzer Körper, mir schwindelt, und im Bad weine ich. Mehr als nach allem anderen sehne ich mich nach einem einsamen Ort. Das lässt mich denken: Alles von außen Kommende, das zunächst wie eine Rettung erscheint, verwandelt sich letztlich in sein Gegenteil. Aber auch: Zu jeder Kraft gibt es eine Gegenkraft.

Also beginne ich, mich selbst zu retten. Morgens, wenn alle noch schlafen, wandere ich zur Bucht. Der Rauch in meinem Innern verfliegt, sobald ich mich in Bewegung setze. Nur wenn ich stillstehe, verdichtet er sich über der Oberfläche, wirbelt um die eigene Achse, wirft zuckende Schatten und verdunkelt sich selbst. Ich muss schneller voranschreiten, als der Rauch entweichen kann, damit er sich nicht staut.

Der Ozean in den frühen Morgenstunden ist schmerzhaft schön, ein Meer aus geschmolzenen Lichtscherben. Grün, blau und gelb, durchzogen von Schwärmen heller Fische, die wie flache Steine durchs Wasser gleiten und nachdenklich in den Lavateichen verharren. Das silberne Blitzen springender Fische knapp über der Oberfläche, ihr kurzer, funkensprühender Flug durch die flammende Luft und das Aufklatschen ihrer Leiber vibriert in der Schweigsamkeit des Morgens.

Ich spiele, ich wäre ein Albatros. Es heißt, Albatrosse seien bei Windstille nicht in der Lage zu fliegen. Sie benötigen eine gewisse Windgeschwindigkeit, sonst bleiben sie am Boden oder treiben bloß auf der Wasseroberfläche. In Stürmen haben sie jedoch leichtes Spiel und manövrieren ihre Körper natürlich und ohne Schwierigkeiten durch die Lüfte.

Auf einem dieser morgendlichen Spaziergänge entdecke ich eine Höhle, die ich bald die Höhle der Organe nenne. Wenn ich besonders früh rauskomme, laufe ich durch die Grasbüscheldünen bis zu jener Stelle, wo der Strand in eine von Gesteinswänden gesäumte Mulde abfällt, und rutsche die Senke in der Hocke hinab. Wie ein Wächter der Gezeiten setze ich mich in den Eingang der Felsengrotte, die langsam von Schüben salzigen Schaums unterspült wird.

Hinter und über mir ist dann das Spiel des Lichts an den Felswänden zu sehen, ein blaugrünes, netzförmiges Flackern im Bauch der Höhle. Den Boden bedecken zwitschernde Steine, die in den Wellen wie blinde Vögel singen. Unter Wasser, wenn ich sie mit den Händen bewege, ist ihr Klang anders – dunkler, klirrender und magischer, der Klang eines mineralischen Diamantenschatzes, der Gesang des glänzenden Inhalts einer Edelsteintruhe. Moosige Herzen mit einem Aortengeflecht aus angewachsenen Muschelkolonien ertasten meine geschwollenen Hände dort, löchrige Nieren und Lebern aus Basaltgestein, narbige Obsidiangehirne aus vulkanischem Glas und die glitzernd grünen Tumore der vom Vulkan ausgeworfenen Olivinbomben.

Seitdem das Meer und ich den Morgen in schweigender Zweisamkeit verbringen, haben sich auch die Tage entspannt. Meine inneren Falten haben sich geglättet, wurden gereinigt und geweitet, und ich kann wieder die Nähe der anderen genießen; ihre Gespräche und Berührungen lösen Freude in mir aus und keinen Schmerz. Zuvor lag die Welt wie ein Brennen auf meiner Haut, jetzt schmiegt sie sich erneut warm und schnurrend um meine Beine.

Abends knipse ich nach dem Lesen die Lampe aus und tauche in die warme, dehnbare Höhle zwischen Matratze und Decke. Eingeschlossen und geschützt von mächtigen Kissen, die wie Grundmauern um meinen Körper angeordnet sind, winkele ich die Beine an. Mein Arm langt noch einmal in das feindliche *Außen*, um den Teddybär mit einer schnellen Bewegung aus der Kälte und Offenheit in den Schutz von *Innen* zu ziehen, und erleichtert presse ich ihn an mich. Nur ein Atemloch lasse ich frei, wie bei einer Schnecke, gerade groß genug für Nase und Mund. Von Zeit zu Zeit bildet sich und wächst dort eine Luftblase, die, wenn sie schwer genug ist, schaukelnd zur Decke steigt, wo sie sich mit anderen zu einer glücklich schwappenden Blasenfamilie vereint.

Ich liege im Bett und denke an Dinge, die ich noch nicht ausdrücklich in meinem bewussten Denken berücksichtigt habe. Wie Irrlichter flackern diese Dinge über die Leinwände meiner geschlossenen Augenlider. An weiße Säulen denke ich zum Beispiel, jene blanken Pilaster, die in Büchern den Rand neben dem Geschriebenen säumen, die die Geschichte wie ein stützender Rahmen tragen, Seite um Seite haltend, doch von kaum einem lesenden Auge bemerkt.

Es ist immer das Wenige auf viel Hintergrund, auf das man achtet, das heraussticht. Eine unglückliche Unterbrechung eines schönen Tages ist wie ein ungewollter Ausrutscher mit einem Malstift, der das ganze Bild ruiniert. Ein Ereignis von Schönheit in traurigen Zeiten ist wie ein Stern, der im schwärzesten Nachthimmel am unverkennbarsten strahlt.

Ich überlege, warum das Nichts, das die Kurven, Striche und Punkte einer Schrift einfasst, nicht das Wichtige ist, sondern stattdessen die vergleichsweise kleine Menge an Schwarz in einem Überfluss an Weiß oder Beige. Es wäre doch vorstellbar, dass die Tinte das Nichts wäre, die Buchstaben feine Einschnitte und Kerben im Papier, durch welche lediglich Schatten von der anderen Seite hereinsickern.

Dann überlege ich weiter: Perlmuscheln gehören der Familie der Flügelmuscheln an. Perlen und Flügel. Flügelige Perlen. Geperlte Flügel. Und der Albatros, dessen Schönheit die schleimigen, verdorbenen Dinge im Leben kontrastiert. Er offenbart die Schönheit des Todes, die Schönheit der hässlichen Dinge.

Ich kann mich nicht entscheiden, ob ich all diese Dinge wirklich denke oder ob es Parasiten sind, die zwischen mein Mantelgewebe und meine Muschelschale gedrungen sind und mich verletzen. Vielleicht ist mein Verstand eine Perlmuschel. Vielleicht wird er kristallines Schalenmaterial an der verletzten Stelle absondern, wodurch sich sehr langsam, um die Zyste herum, eine schimmernde Perle bilden wird.

SOMMERNACHT

Am Abend fühlt sich die Luft greifbar an und zäh. Bunte Nachtfalter fallen von den Oberflächen der Dinge ab, von ihren warmen Rinden, schälen sich aus den speckigen Katzenfellen und dem verblassenden Himmel, um sich unter das allumfassende Summen zu mischen. Die losgelösten Farben des Tages entsteigen dem Fruchtgarten als erdiger Schmetterlingsduft und verleihen ihm eine bebende Tiefe.

Mit der blauen Gießkanne ziehe ich durch die dschungelhaften Pfade des Gartens, hänge den Faltergedanken im Traumatem der Pflanzen nach. Der Blindheit nahe fressen sich meine Augen in einen dunklen Tamariskenstrauch. Sich in seine Komplementärfarben zersetzend, pastellrot und pink und fleischfarben, zerfließt er in einen wogenden Ozean aus rosa Blattfasern, schmilzt, löst sich auf und verwandelt sich als letztes zurück, in Lázaro.

„Hi", sage ich überrascht.

„Hi", sagt er. „Darf ich?"

Ich reiche ihm die Gießkanne und er beginnt, wahllos einige Pflanzen zu bewässern. Eine kurze Atempause entsteht, in der wir dem Wasser lauschen, wie es knisternd und flüsternd zwischen den Wurzeln versickert.

„Ich würde dir gerne etwas zeigen", sagt er. „Es reicht nicht, davon zu erzählen. Ich muss es dir zeigen, damit du es glauben kannst."

Die salzigen Wachsblätter der Tamariske wiegen sich fragend in der aufkommenden Meeresbrise, die nach wilden Muscheln schmeckt. Lázaro blickt sich nach den anderen um, die einmal mehr mit der Vorbereitung des Abendessens beschäftigt sind.

„Sie sollen nicht wissen, dass ich es dir zeige."

„Wieso nicht?"

Seine Augenbrauen schieben sich belustigt nach oben.

„Nun ja. Es verstößt gegen unsere Geheimhaltungsregeln. Solange du kein Mitglied bist, darfst du eigentlich nichts erfahren. Du hast Rosas Vortrag ja gehört." Die Blätter rascheln noch etwas ernster. „Es ist nicht gut, wenn du in diese Sache hineinrutschst, ohne zu begreifen, was hier geschieht und welche Ausmaße es hat, und es dann vielleicht, wenn du es nicht mehr ändern kannst, bereust. Du darfst mich nur nicht verraten."

„Sonst was? Bringen sie einen um?"

„Das kann passieren."

„Von wegen. *Vale*, ich verpetze dich nicht."

Er stellt die Gießkanne auf dem Boden ab. „Weißt du, ich fühle mich irgendwie verantwortlich dafür, dass du hier hineingeraten bist."

„Das musst du nicht. Ich bin froh über ein wenig Ablenkung."

„Noch bist du das."

„Und wo ist das, was du mir zeigen möchtest?"

„Im Meer."

„Im Meer? Oder am Meer?"

„Eher *auf* dem Meer."

„Bei meiner Entscheidung soll mich also das Meer beraten? Warum das Meer? Ich werde auf jeden Fall so schnell nicht noch einmal hineinspringen."

„Das Meer hält die Geheimnisse. In ihm liegt die

Wahrheit, nach der wir suchen…" Die Tamariskenblätter kichern. „Also, wenn es in Ordnung für dich ist, schleichen wir uns nach dem Abendessen raus."

„Über die Mauer?"

„Wenn es dir nichts ausmacht."

Ich zucke mit den Achseln und schüttele den Kopf.

„Nach dem Abendessen sagst du einfach, dass du müde bist und dich schlafen legen möchtest." Sein halb amüsiertes, halb schuldbewusstes Grinsen bringt mich aus der Fassung. „Vielleicht kannst du dein Bett so aussehen lassen, als würde jemand darin liegen."

„Okay. Und das Haus verlasse ich durch den hinteren Ausgang?"

„Genau. Dort wächst ein Drachenbaum schräg an der Mauer entlang. Hast du ihn schon gesehen? Wenn du ihn hochkletterst, kannst du ganz leicht über die Mauer steigen."

Das Abendessen verläuft ruhig. Lázaros Miene ist um jede Spur unserer Unterhaltung bereinigt, sodass ich mich mitunter frage, ob ich mir das Gespräch und unser geheimes Vorhaben bloß eingebildet habe. Als Ismael sich verabschiedet, um schlafen zu gehen, schließe ich mich ihm an und verlasse ebenfalls die Runde. Mit ein paar unter die Bettdecke geschobenen Klamotten sorge ich dafür, dass diese sich menschenhaft über die Matratze wölbt, und husche hinaus.

Die Rinde des krummgewachsenen Drachenbaums bietet guten Halt. Wie versprochen wartet im Schatten auf der anderen Seite Lázaro mit dem Auto auf mich. Ein paar Atemzüge später fahren wir durch die Sommernacht. Alle Fenster haben wir heruntergelassen und ein warmer Wind greift mir ins Haar. Er bläst den Schmerz aus meiner Brust, dieses tückisch sanfte Ziehen, das bei jedem zögerlichen Stoß meines Herzens wie eine geballte Faust erneut emporlodert, gerade wenn ich es weggeatmet zu haben glaube. Unter meinen Rippen liegt ein brennendes Kohlenstück, das erlischt, wenn ich dagegen puste, aber sofort wieder umso heißer aufflammt, wenn ich Luft hole. Lázaro hält das Lenkrad mit einer Hand fest und sucht mit der anderen auf seinem Handy nach Musik, während er die Straße vor und hinter uns im Blick behält.

Eine Haarsträhne gleitet über meine Schulter nach hinten und kitzelt mich am Rücken. Das Kleid, das ich trage, hat Yaela mir geschenkt, bevor sie verschwand. Sie vernähte damals die Einzelteile des wolkenblauen Stoffes und umschloss sie mit einem hauchdünnen Netz aus gehäkelten schwarzen Fäden. Auf der Rückseite oberhalb der Taille öffnet sich das Kleid und wird von zwei cremefarbenen Bändern zusammengehalten. Auf Höhe der Schulterblätter entfaltet es sich in ein filigranes Muster aus Ornamenten und verschlungenen Blumenranken, das, an einen Schmetterling erinnernd, sich aus der Nähe betrachtet in weitere Muster innerhalb der Muster auflöst, Ranken innerhalb von Ranken – ein Fraktal, sich immer weiter in sich selbst wiederholend.

Das Material des Sitzes reibt rau an meiner Haut. *Nicht nur die Verästelungen unserer Lungen und Blutgefäße, auch Menschen sind Fraktale,* hat Baby Moon mir damals erklärt. *Im einzelnen Bewusstsein kämpfen die Konflikte der Menschheit als Ganzem, die inneren Kriege einer selbstähnlichen Gesamtstruktur.*

Ich atme tief ein. Zum ersten Mal seit sie fort ist, habe ich nicht das Gefühl, bei einem Gedanken an sie versengt zu werden. Liegt es an dem Menschen, der neben mir sitzt? Etwas umgibt ihn, das den Schmerz abzumildern scheint und ihn in erträgliche Formen rückt.

Das Auto, umschlossen von einer zirpenden Nachthaut, schießt über die gewundene Küstenstraße dahin. Manchmal sehen wir den mächtigen Körper des Ozeans zwischen Häusern und Felsen aufblitzen. Dann wieder ist er weg. Der Geruch nach warmen Steinen weckt Gedanken an schlafende Eidechsen.

„Wie fühlst du dich, Aziza?“ Die Lichter des Armaturenbretts tauchen sein Gesicht in einen rötlichen Glanz.

„Gut. Sehr gut.“

„Das freut mich. Ich möchte, dass es dir gut geht. Ah, da ist es ja. Sag mir, ob du es magst.“

Auf dem Display erkenne ich den Namen des Stücks, das er ausgesucht hat: *La Mer,* von Debussy. Schon bei den ersten silbrigen Tönen surrt etwas Faseriges in sich zusammen wie ein zuvor fest gespannter Bogen.

„Das hast du doch auf der Party auf dem Klavier gespielt.“ Der Fahrtwind trägt meine Stimme mit sich fort, und legt sie an einem anderen Ort wieder ab.

„Stimmt. Nur hier spielt es ein Sinfonieorchester. Ein wenig beeindruckender.“

Langsam dreht er den Lautstärkeregler weiter auf. Wie eine anrollende Brandung stülpt die Musik sich über unsere Köpfe, flutet unsere Buchten und Gestade mit einem süßlichen Erkennen. In den leeren, vibrierenden Raum zwischen uns strömt die auf und ab wogende Musik, die wir wie einen gläsernen Gegenstand nicht zu verletzen wagen.

Das Stück neigt sich dem Ende zu, als Lázaro den Fuß vom Gaspedal nimmt und in einer Kiesbucht unterhalb einer Steilwand parkt. Die Luft hängt schwer von Salz und unterdrücktem Leben. Gleich einer zweiten Haut umschließt sie alle Körper, sodass der Eindruck entsteht, es existiere weder ein Innen noch ein Außen, bloß ein einziges melancholisches Fließen. Viele Meter unter uns seufzt der Ozean wie ein uraltes, sich zwischen glitschigen Inselschluchten windendes Tier. Buckelwale und Rochen durchstreifen seine Mägen; außen schimmert seine feuchte, grauschwarze Schlangenhaut. Nur die flackernden Augen der Sterne folgen unserem Abstieg über den holprigen Pfad.

Schweigend durchqueren wir das fahle Licht, immer dem Meereslärmen folgend und begleitet von dem Knirschen unter unseren Sohlen. Dann, ohne Vorwarnung, löst sich der Pfad auf und verschwindet in Staub und

Geröll. Er führt so steil in die rauschende Tiefe, dass wir uns mit beiden Händen festhalten müssen, um nicht abzurutschen.

Ich lande neben Lázaro und klopfe mir den Staub von den Händen, ohne nach seinen zu greifen, die er mir ausgestreckt entgegenhält. Wir müssen den Strand fast erreicht haben, als die Felswand noch einmal einen jähen Knick nach unten macht. Es gibt keine Vorsprünge mehr. Auch zum Springen ist es eindeutig zu hoch.

„*Y ahora, qué hacemos?*", rufe ich, in dem Versuch, das noch immer anschwellende Fauchen des Meeres zu übertönen. Lázaro beugt sich über einen Felsbrocken, unter dem ein Seil zum Vorschein kommt. Wie Bergsteiger lassen wir uns an der Wand herab. Wir fallen in Vulkansand, der schwärzer ist als die Nacht, streifen unsere Schuhe ab und laufen dem schnaufenden und spuckenden Geschöpf entgegen, das uns mit seinen tobenden Stimmen gerufen hat.

DIE SPITZE DES BERGS

Das Leben als Musikstück. Wenn es nur bedeutsame Geschehnisse gäbe, unwiederholbar, und wir, wie Debussy beim Komponieren von *La Mer*, nur Dinge täten, zu denen wir uns wirklich gedrängt fühlten, was bliebe übrig? Wir würden an die flimmernde Schnittstelle, an den Saum des Meeres treten. Lázaro würde einatmen, und das wütende Brausen zeitgleich verstummen.

„Was ist dieses Geheimnis, nach dem wir suchen?", frage ich, etwas ungeduldig.

„Das ist eine Überraschung."

„Überrasch mich doch jetzt damit, indem du es mir erzählst."

Er legt einen Arm um meine Schultern und drückt mich ein wenig. „Für die Überraschung müssen wir ins Meer gehen."

Die Geschichtenstimmen in meinem Kopf werden von

der Nähe seines Körpers verändert. Seine bloße Gegenwart scheint sie zu neutralisieren, mich vor ihnen abzuschirmen. Etwas jedenfalls geschieht. Die schier endlosen Wortschleifen und Sätze im Hohlraum meines Körperstammes verlieren sich im ersterbenden Ozeanrauschen.

„Also doch schwimmen", seufze ich.

„Naja, nicht direkt. Aber du musst es eben mit eigenen Augen sehen." Er macht Anstalten, mich rückwärtslaufend, wie eine Sirene, in die flüsternden Wellen zu ziehen.

„Ich habe das noch nie zuvor jemandem gezeigt."

Etwas rauscht hinter meinen Ohren.

„Sterben wir jetzt?", frage ich.

Die Kontinentalplatten unter der Haut der Erde rutschen ein Stück auseinander. Dann, mit ohrenbetäubendem Krachen, knallen sie wieder aufeinander.

„So wie Ethan und Mattie, die mit ihrem Schlitten am Baum zerschellen?"

Ich nicke.

„Nein. Das würde ich nicht zulassen." Die Nacht in seinem Blick brennt sich durch die Luft wie ein glühender Stab. „Vertrau mir."

„Glaubst du, *Ethan Frome* kommt im Examen dran?"

„Gut möglich."

Ich schließe die Augen und folge der Wärme seiner Hand, die ein schmerzhaftes Brennen durch meine Handflächen schickt. Blind laufe ich ihm in die tosenden Wellen nach, ins lockende Schlangenzischeln der Brandung, bis ich den Schmerz vergessen habe und kühler Schlamm sich in die Zwischenräume meiner Zehen drückt.

Als ich die Augen wieder öffne und nach unten blicke, ergreift mich Schwindel. Wieder erschüttert etwas die Erde in ihren Grundfesten aus fließendem Magma. Tiefe, dunkle Wirbel bewegen sich unter meinen Fußsohlen. Doch die Wasseroberfläche trägt uns, als wäre sie aus beweglichem Glas.

„Was ist das?“, keuche ich.

Unter uns wogt und schwankt das verfestigte Meer. Ich sinke auf alle viere und blicke ungläubig durch das schwarze Glas hinab in den Abgrund.

„Oberflächenspannung.“

Lázaro steht lächelnd neben mir und hält sich mit kaum merklichen Ausgleichsbewegungen auf den Beinen. Ich suche nach seinem Blick und nach einer Erklärung darin, doch er betrachtet mich wie stets, geduldig und mit einer Spur von wissenschaftlicher Neugier.

Als sich eine Welle vor uns auftürmt und ein rundes Tal bildet, hält er mich fest. Gezwungen, in ihre aschgrauen Augen zu sehen, hole ich Luft und halte mir die Nase zu, kurz bevor die Gischt über uns zusammenbricht. Das Wasser umschließt uns mit einem Gefühl von kühlen Dampfschwaden, von feucht rieselndem Sand. Schaum wirbelt um unsere Körper. Die Welle teilt sich an unserer Haut. Als wären wir unverrückbare Marmorstatuen, schließt sie sich hinter uns und rollt sanft zum Ufer hin aus.

„Komm, wir gehen in den ruhigeren Bereich weiter draußen“, schlägt Lázaro vor und hilft mir auf die Beine. „Hier vorne brechen die Wellen zu stark.“

Einen Moment lang glaube ich hinter seinem Gesicht die Lichter einer Uferpromenade pulsieren zu sehen. Doch als ich blinzele, haben sie sich wieder in das stille Blinken der Sterne verwandelt.

„Kannst du auch Wasser in Wein verwandeln?“, frage ich außer Atem und betaste meine immer noch trockene Kleidung.

„Hab's versucht, aber klappt leider nicht.“

„Ich glaube, ich brauche einen Drink.“

„Dafür kann ich Wein in Wasser verwandeln.“

„Oh, wow.“

„Auf so vieles in unserer Umgebung können wir Einfluss nehmen, und keiner hält es für eine große Kunst“, sagt er, in einem absurd wirkenden Plauderton, während wir uns vorsichtig vom Ufer entfernen. „Wir erwärmen die Luft um uns, senden Schall über weite Entfernungen und verformen Wasser mit unseren Bewegungen. Warum ist der Ozean flüssig und die Berge sind fest? Beide bestehen aus Atomen, aus Energiefeldern. Weshalb sollte es nicht möglich sein, die Struktur dieser Energie zu verändern und auf sie einzuwirken?"

„Das klingt für mich nach pseudowissenschaftlichen Hypothesen."

„Es ist wie ein zusätzlicher Sinn. Ein Sinn für das Meer." Er bleibt stehen und berührt leicht meinen Arm. „Fragt man das Meer, warum es eine Gänsehaut hat? Oder warum es Menschen verschluckt? Manche Dinge passieren einfach."

Meine Augen folgen seinem Finger, der eine kaum spürbare Linie auf meine Haut ätzt.

„Das Meer ist wie deine Haut", fährt er fort. „Es bekommt eine Gänsehaut, als Reaktion auf eine Fremdeinwirkung, sodass es sich an der Oberfläche zusammenzieht und verhärtet. Eine partielle Veränderung des Dichtegrads. Doch es ist kein Eis, es bleibt elastisch. Mit Zauberei hat das nichts zu tun. Jedenfalls nicht, wenn die Definition von Zauberei ist, dass sie im ganzen Universum und über das Universum hinaus durch nichts erklärbar wäre. Wenn Zauberei bedeutet, dass sich etwas nicht nur unseren, sondern jeglichen Prinzipien entzieht."

„Vielleicht gibt es eine Welt, in der jeder diese Fähigkeit besitzt", überlege ich. „Vielleicht gibt es dort Menschen, oder Wesen, mit einer Behinderung dieses Sinns – sie sind blind für das Meer, taub. So wie ich verglichen mit dir. Und in einer anderen Welt wiederum hat eine Hälfte der Wesen diese Begabung und die andere hat sie nicht. Und in unserer Welt… besitzt nur du sie."

Wir haben eine ruhigere Stelle erreicht und setzen uns hin. Hier draußen, auf dem offenen Meer, klafft Faden um Faden undurchdringlich schwarzen Wassers unter uns.

„Wie kannst du all das so gleichmütig aufnehmen?"

„Ich weiß nicht. Vermutlich hat ein Teil von mir immer damit gerechnet, dass etwas in der Art passieren würde. Hat sogar darauf gewartet, dass es passiert. Dieser Teil von mir empfindet nun eine gewisse Erleichterung. Denn er hat dem Schein der Welt nie getraut."

„Dein verrückter kleiner Kopf kennt keine Grenzen."

„Aber die Grenzen verschwimmen in so einem Kopf auch. Alles zerfließt in Möglichkeiten und nichts kann endgültig klar werden. Schau mal, da unten ist etwas."

„Eine ganze Menge ist da unten."

„Guck mal genau hin", sage ich.

„Haie, Delfine, Rochen. Quallen."

„Aber das meine ich nicht. Da ist etwas großes Dunkles, wie eine Bergspitze. Oder eine Kuppel, ein Dach." Klar und deutlich hebt sich der Umriss vom wirbelnden Wasser ab. „Du musst es doch auch sehen."

„Ich sage doch – das Meer enthält die Geheimnisse."

„Láz, meine Augen sehen einen realen Gegenstand da unten. Das ist keine Metapher für irgendetwas."

„Ändert sich nicht die Richtung des Bedeutens in fiktiven Welten? Ist nicht alles besonders und bedeutsam, wenn man eine ästhetische Sichtweise einnimmt?"

„In einem Kunstkontext, ja."

„Das heißt, der Schatten, den du da unten siehst, verweist nicht auf sich selbst, sondern über sich hinaus, auf ein Allgemeines als Sinn."

„Das würde vielleicht zutreffen, wenn diese Welt einen Schöpfer hätte."

„Wir sollten ein wenig Licht ins Dunkel bringen."

Noch während er das sagt, strömen von allen Seiten und aus allen Tiefen Schwärme heller Punkte heran – körperlose Schlieren in den Farben von Polarnächten. Die kleinen Lichter versammeln sich unter uns, bilden Kreise und Muster um die Stelle, an der wir, getragen von der erhärteten Ozeanhaut, ruhen.

Innerhalb weniger Herzschläge beginnt die gesamte Bucht dumpf und pulsierend zu leuchten. Ihr Glimmen wird von den Felsen an Land zurückgeworfen, sodass der Strand in der Ferne verwandelt und in ein gespenstisches Türkis getaucht daliegt. Wo sich die Wellen schäumend brechen, sind ganze Helligkeitsexplosionen zu beobachten. Und noch etwas anderes hat sich aus dem Meeresschatten geschält: Kaum ein Dutzend Meter von uns entfernt tanzt ein Albatros im eisblauen Glanz der Wellen.

EINE GLÜHENDE BLUME

„Meeresleuchten", hauche ich, erstarrt in Ehrfurcht, hypnotisiert von der Schönheit des Naturspektakels.

Lázaro nickt. „Oder Biolumineszenz. Hast du schon mal davon gehört?"

„Ja. Aber nicht, dass man es herbeirufen kann."

„Es sind Kleinstlebewesen, die Lichtsignale aussenden. Plankton und andere Mikroorganismen, die auf Berührungsreize mit chemischen Prozessen reagieren und dabei Energie freisetzen. Wenn sich die Strömung ändert oder eine Welle bricht, oder wenn", er taucht seinen Arm bis zur Schulter ins Wasser und zieht einen blaugrünen Kometenschweif hinter sich her, „man sie selbst in Bewegung versetzt, senden sie elektromagnetische Strahlung aus und leuchten."

„Aber – du hast sie gerufen. Oder?"

„Ja."

„Gehört das auch zu deinem Meeressinn?"

Er nickt und deutet nach unten. „Sieh mal, wer von dem ganzen Plankton angelockt worden ist."

Das Meeresgefüge unter der Oberfläche hat sich verändert. Aber es ist nicht meine Bergspitze, nicht der vermutete Turm, der erscheint. Ein anderer Körper steigt wie versteinerter Qualm aus den Tiefen. Wo er durch das Fleisch des Meeres schneidet, löst er Millionen winziger Explosionen aus. Die Kleinstlebewesen zerspringen an dem gigantischen Leib in funkensprühende Lichtschweife.

Die Meeresdecke bäumt sich auf, funkelnd und von

blauen Sternschnuppen durchzuckt. Sie bläht und wölbt sich wie über einer gewaltigen Luftblase, die sich weigert zu platzen. Wir schreien und lachen, während wir von dem federnden Hügel rollen, den der Schädel des auftauchenden Wals und die über ihm emporgepresste Wassermenge erzeugen.

Nicht weit entfernt von uns durchbricht der Buckelwal mit einem lauten Schnauben die Oberfläche und bespritzt uns mit einer salzigen Fontäne. Haarsträhnen, die eben noch im Wind flatterten, kleben sich nass an unsere Gesichter. Der Wal ist so nah, dass wir die Furchen und Seepocken auf seiner steingrauen Haut erkennen können.

Ich blicke in sein geöffnetes Maul, größer als ich selbst, und auf das Hornplattendickicht, das sich darin zu einem außerirdischen Grinsen verzieht. In diesem Augenblick ist alle Düsternis aus meinem Innern fortgespült. Mein Herz ist ein sonnengewärmter Stein, der sich knackend ausdehnt.

Als wir in dieser Nacht heimkehren und zurück in unsere Zimmer huschen, ziehen wir das Meeresleuchten wie unsichtbare Schweife hinter uns her. Die Welt in und zwischen den Dingen hat zugenommen. Sie ist gewachsen und angeschwollen wie eine saftige Frucht, wie die empfindlich betäubte Haut rund um einen Bienenstich. Sie ist reicher an Schichten und Wahrheiten geworden, hat sich entfaltet und ihre erschrockenen Blütenkelche freigelegt.

Erst als der Morgen sich später von Grau zu Weiß verfärbt, als die Hunde in der Ferne gähnend ihr Jaulen einstellen und das Meer zur Ruhe kommt, spüre ich den Schmerz. Er ist so heftig, dass er mich aus dem Schlaf reißt. Schweiß steht mir auf der Stirn, und meine Muskeln zittern in fiebriger Verkrampfung. Ein Blick zum anderen Stockbett zeigt mir, dass Eleonora und Isabel noch fest schlafen. Die eine spiralförmig eingerollt in ihre Decke, die andere freigestrampelt und wie ein

Kätzchen schnarchend. Über mir höre ich Lyras leise Bewegungen.

Im Bad muss ich zunächst geblendet die Augen zusammenkneifen. Als ich mich blinzelnd an die Helligkeit gewöhne und nach dem Waschbecken taste, um mich abzukühlen, fällt mein Blick auf meine Hände. Bestürzt halte ich inne.

Meine Handflächen sind dunkelrot und schwarz geädert. Obwohl sie sich heiß anfühlen und brennen, erinnern die Male an Erfrierungen, an die schwarzen Zehen von Bergsteigern oder Wissenschaftlern auf Polarexpeditionen. Auch mein Arm ist betroffen. An der Stelle, wo Lázaro letzte Nacht die unsichtbare Linie nachgefahren hat, schmerzt meine Haut und ist bis in die tiefsten Schichten dunkel vernarbt.

Als ich zum Frühstück erscheine, bilden die anderen einen Kreis um mich. Jemand reicht mir in Stoff gewickelte Eiswürfel, doch auch die Kühlung verschafft keine Linderung. Lázaros Gesicht hat sich auf eine Weise verdüstert, die ich zuvor noch nicht an ihm gesehen habe.

Sie rufen Rosa an und ein Arzt, der seit langem mit den Guanchamánes zusammenarbeitet, wird herbeigeholt. Während er sich über mich beugt und meine Wunden inspiziert, redet Lázaro auf ihn ein, stellt ihm medizinische Fragen und gibt ihm Anweisungen, wofür er entnervte Blicke erntet. Nach einer Weile des Murmelns und Kopfschüttelns fertigt der Arzt einen Jodverband an und empfiehlt mir, in der nächsten Zeit nicht schwimmen zu gehen. Irritiert verschreibt er mir noch eine Salbe und Schmerztabletten. Dann wendet er sich seufzend an Lázaro.

„Sind Sie Arzt?“

„Ich habe Bücher gelesen.“

„Ja... Also – darüber finden Sie auch in Büchern nichts.“

„Was soll das heißen?“

„Die Verletzung weist verschiedene Merkmale auf, die nicht recht zueinander passen. Die Rötung und Schwellung deuten auf eine Entzündung hin, aber die dunkle Verfärbung passt nicht dazu. Sie sagt, dass die Stellen sich heiß anfühlen, doch ich kann keine ungewöhnliche Temperatur feststellen. Die betroffenen Stellen sind sogar ungewöhnlich kalt."

„Wie kann ihr geholfen werden?"

„Sie können nur abwarten." Er bedenkt uns mit einem skeptischen Blick. „Und beobachten, was diese Reaktion hervorgerufen hat."

Mit Lyra, im Schatten einer Palme, schäle ich den Verband wieder herunter. Abwechselnd sehen wir uns meine Hände aus der Nähe an und kommen zu dem Schluss, dass es sich nicht um eine Verbrennung durch Hitze handelt, ebenso wenig wie um Erfrierungen. Die oberste Hautschicht ist unverletzt. Verbranntes Fleisch sieht anders aus.

Trotz allem habe ich mir vorgenommen, mich gebührend vom Meer zu verabschieden, bevor wir zurück in den Norden fahren. Den Ratschlag des Arztes missachtend, stehe ich am letzten Tag vor der Abreise fröstelnd und in Badekleidung vor den pumpenden Brechern. Seitdem die Sonne ihren höchsten Punkt überschritten hat, verformen sie sich und sammeln ihre Schwärze in meinen Adern. Sie fühlen sich jetzt nicht mehr heiß an, sondern strahlen eine eigentümliche Kälte aus.

Noch traue ich mich nicht hinein. Die Wellen streifen das Ufer in Schräglage, ziehen aus Richtung der Montaña Roja heran und wellen sich im Abendglimmer der Bucht wie flüssiges Perlmutt. Planen aus Weiß und geschwungenem Blau lassen lange, genüssliche Sicheln zum Ufer schweben, ohne dass sie gebrochen oder zurückgeworfen werden. Nur ein sanftes Dahinkräuseln und Ausatmen. Die zarten Kämme der Dünung streichen luftig über den flachen Strand und lösen sich wie Kiemen schillernder Fische in Abendlicht auf. Ich muss mich mit dem Meer versöhnen, bevor ich gehe.

Da packen Caméon und Lyra mich an den Händen und rennen los – meinen Beinen bleibt nichts anderes übrig als mitzurennen. Unsere Körper prallen auf das kalte, spritzende Wasser. Der Widerstand verlangsamt uns und wir versinken; er hebt mich von den Füßen und lässt mich fliegen. Da beginne ich zu schwimmen, neben den beiden, gegen und entlang der Wellentäler und –berge, die sich bilden und lösen. Meine Arme pflügen hell durch das geriffelte Türkis, diese leicht zähe Acrylfarbe. Ich lehne mich nach hinten und lasse Salzwasser über mein Gesicht schwappen.

Als ich untertauche, ist der grüne Ton noch immer da. Klar, blechern, und gehüllt in das Klicken und Gurgeln des Meeres. Lázaros Stimme fädelt sich darunter, von der anderen Seite der Schnittstelle, und ich tauche auf.

„Wolltet ihr ohne mich schwimmen gehen?“, ruft er, zieht sich das T-Shirt über den Kopf und lässt im Laufen das Handtuch zu Boden fallen. Zuletzt schlüpft er aus seinen Schuhen und kommt zu uns ins Wasser gewatet.

„Wir wollten uns nur kurz abkühlen“, sagt Lyra.

Caméon spuckt eine Wasserfontäne nach ihr. Glücklich seufzt Lázaro auf, als die Wellen auch seinen Körper in ihr Wogen aufnehmen, dreht sich auf den Rücken und lässt sich treiben. Später trocknen wir uns ab und rennen, die Handtücher um uns gewickelt, zurück zur Villa Mariposa. Unter der heißen Dusche prickelt mein ganzer Körper.

Eine glühende Blume ist in meiner Mitte gewachsen. Ihr grünes Mark stößt eine Energiesäule durch meinen Rumpf, einen leuchtenden Halm, und ihr Blütensamt biegt sich in der Sommerbrise in meinem Kopf. Krause Wurzeln sprießen aus meinen Beinen. Ich atme reinen Sauerstoff, und aus meinen Poren sprüht funkelndes Licht. Als ich fertig geduscht habe, ziehe ich frische Kleidung an, packe meinen Koffer und gehe hinunter zu den anderen.

Tarde

IM NORDEN

And lost in lonely Musing, in a Dream,
Confus'd, of careless Solitude, where mix,
Ten thousand wandering Images of Things.

Die Härte des Morgenlichtdenkens wird jetzt nur von Gedichten aufgebrochen, die sich wie blaue Schatten auf linealförmige Deckenlampen legen. Der Professor hat eine Frage gestellt und es wird still. Meine auf das Blatt gehefteten Augen sind taub und leer, wie das weiße Fischauge, an dem ich einmal würgen musste, nachdem Baby Moon mich glauben ließ, es wäre eine Litschi.

Wir sind in den Norden zurückgekehrt, und ich sitze im Unterricht, als hätte es die Zeit im Süden nie gegeben. Keine Villa Mariposa, kein grüner Ton, keine Rosa, kein Buckelwal. Eine Frage verklebt meine Stirn wie geronnenes Blut und lenkt mich ab. Es scheint etwas damit zu tun zu haben, dass Kugelschreiberzeichen in das hölzerne Pult geritzt sind wie prähistorische Zeichnungen an Höhlenwände. Wenn die Stunde vorbei ist, überlege ich, muss ich ganz schnell hier raus, nach Hause laufen und den Fotostapel aus dem Nachttischschrank nehmen.

„Ich habe keine Ahnung, was wir jetzt machen sollen", seufzt meine Sitznachbarin Andrea und schnäuzt sich in ein Taschentuch. Es muss die Zugluft sein, die dafür sorgt, dass fast alle erkältet sind. Sie fährt einem in sämtliche Knochen, wenn man schwitzend nach den vielen Treppen den Hörsaal erreicht. Baby Moon, denke niemals, die anderen Leben wären vollkommen. Es gibt Tage, an denen der Himmel weint, wenn sie aufstehen, er weint, wenn sie Essen zubereiten, und er weint, wenn sie den Berg zur Universität besteigen. Und ganz besonders weint er, wenn sie aus den Fenstern der *guaguas* und *tranvías* blicken und dich in den Gesichtern der Menschen zu finden versuchen.

„Miss Aziza will perform the poem for us", ist das letzte, was ich höre, dann übergebe ich mich über meine Unterlagen. *Will she?*

Wo bin ich? Wo bin ich? Ich vermische alles Wichtige, verliere meine Konturen. Das Leben hier ähnelt einem luziden Traum, in dem man weiß, dass man schläft, und sich fragt: Was steckt hinter den Dingen, hinter den Menschen, die das Unterbewusstsein so fröhlich heraufbeschwört, wie können sie so echt wirken, wo sie doch nur Fassaden sind?

Allein das körperlichste aller Gefühle hilft mir in solchen Träumen. Die Augen geschlossen, halte ich mich an den anderen Menschen fest – nur haptische Wahrnehmung kann den Eindrücken standhalten, die sich vor meinen Augen verformen und mir entgleiten und vertraute Gesichter in Fratzen mit Bleiaugen verwandeln. Das Gefühlte ist das einzige, das echt ist, aber das Gefühlte ist auch das Gift. Lázaro ist durch die Fassade gebrochen. Er ist zu meinem weit hinter der Oberfläche liegenden Gesicht hinabgetaucht. Ich habe seine Arme um mich gespürt, dort unten, im Wasser, und der Schmerz ist geblieben.

Am Abend ist die Wohnung, in die ich zurückkehre, nicht derselbe Ort, den ich am Morgen zurückgelassen habe. Dinge haben sich verschoben. Das Licht, das durch die Balkontür fällt, kämpft sich durch andere Sphären als noch vor wenigen Stunden.

Ich lege meine Sachen ab und erhitze Wasser auf dem Herd. In der Küche tropft Spülwasser durch den verstopften Ausfluss in einen Eimer, und das feuchte, wiederkehrende Klopfen hallt unnatürlich laut im Flur wider. Klopf. Klopf. Klopf... Dazwischen mischt sich das monotone Glucksen und Rauschen elektronischer Musik, das abgeschwächt aus einem der Nachbarapartments herüberdringt. Irgendwo sind Stimmen zu vernehmen, aber sie klingen so fern und gedämpft, dass ich mich genauso gut in einem Raum aus dicken Glasfenstern befinden könnte.

Ich nehme die getrocknete Wäsche vom Gestell und verstaue sie gefaltet in den Fächern des Holzschranks. Aus der Schublade hebe ich, vorsichtig, wie einen schlafenden Säugling, den Stapel Fotos. Während ich mich zu der entscheidenden Aufnahme vorarbeite, beginnt mein Herz dümmlich zu pochen. Dann halte ich das gesuchte Bild hoch und starre auf seine glänzende Oberfläche.

Ich schaue und schaue, als würden die Bäume und ihre geronnenen Verästelungen dadurch preisgeben, was nicht mehr da ist, was dem Bild gestohlen wurde. Aber Yaela steht nicht mehr auf dem Hügel. Wo sie war, ist nur noch ein verkohlter Baumstumpf zu sehen.

Ich taste nach meinem Handy, öffne den Chat mit Lázaro. Während der Schweiß mir brennend unter den Achseln ausbricht, drücke ich auf das Kamerasymbol, fokussiere und schicke das Bild ab. *Was siehst du?*

Lange kauere ich unbeweglich vor der Schublade auf dem Boden. Schließlich lege ich mich auf den Bauch, die Wange an die kalten Fliesen gepresst. Eine unsägliche Leere schneidet durch die Welt und lässt sie tot und ausgehöhlt zurück. Als etwas über meinen Rücken läuft, erschrecke ich nicht. Ich bleibe liegen, erschöpft und gleichgültig. Und als es sich behäbig zwischen meine Schulterblätter setzt, atme ich vorsichtig weiter.

Ein Hahn kräht in den seidig blauen Himmel und ich beginne, meine Träume aufzuschreiben. Der glänzende lilafarbene Vorhang bläht sich wie ein Segel vom Wohnzimmer auf den sonnigen Balkon hinaus. Mit offenen Augen denke ich. An die Katze, die sich gestern auf meinen Rücken gesetzt hat und allem Anschein nach mit mir in dieser Wohnung lebt. Es muss die Katze aus dem Café sein, die so selbstzufrieden vor dem Schnapsglas gehockt hat.

Ihr Fell ist warm von der kraftvollen Sonne, die den Balkon zum Knacken bringt. Sie ist eine unabhängige Katze. Den Balkon erreicht sie über die Äste eines Baums, und durch die Balkontür kann sie ein- und ausgehen wie es ihr beliebt.

„Ich heiße Triz", sagt sie. „Folge mir."

Und sie führt mich in den immergleichen alten Ahornwald. Es ist stets derselbe Bildausschnitt: Ein Netzwerk aus schlanken Bäumen schraubt sich eilends in einen dunstigen Himmel, und die ferne Sonne schüttet pulvrige Lichtkaskaden durchs Geäst.

„Mal das", sagt Triz und schubst eine Tube mit Acrylfarbe um. Also beginne ich zu malen. Hat das Bild schon immer in meinem Kopf gelebt? Handelt es sich um die Reste eines sehr weit zurückliegenden Erlebnisses, das ich bloß nicht mehr einzuordnen weiß, ähnlich der verschwommenen Erinnerung an eine Burg, in der ich seitlich auf der Hüfte einer Frau sitze? Diese Burg war aus grauem Stein und auch die Luft war grau. In der Burg wohnten Krähen. Und in den Krähen wohnten silberne Würmer, die sich von ihren Adern ernährten. Inzwischen ist es nur noch die Erinnerung an die Erinnerung einer Erinnerung.

Nach dem Malen stehe ich auf, koche Haferschleim und schenke mir Tee nach. Auf einem Schneidebrettchen zerhacke ich einen Apfel und gebe ihn mit Honig und Bananenstücken in die Schüssel. Dann kaue und atme ich eine Weile lang nur.

Zurück im Schlafzimmer lege ich mich ins Bett und schließe die Augen. Nach einer Weile kommt Triz durch den Flur getrippelt und auf die Matratze gehüpft. Etwas fließt zurück in meinen löchrigen Bauch, als sie sich zu mir legt. Ihre Wärme und ihr Schnurren machen mir Mut, und so traue ich mich, näher an das Bild des Ahornwaldes heranzutreten. Ja, ich streichle sogar einmal mit den Fingerspitzen über seine geriffelte Oberfläche.

Dieser Wald ist nicht der Raum, in dem sich die Erinnerung befindet. Nein, der Raum umgibt den Wald und ich stehe vor einem Bildausschnitt, betrachtend. Eine jähe Unruhe packt mich. Eilig öffne ich die Augen und kuschle mein Gesicht in Triz‘ duftendes Fell.

GESPRÄCHE

„Hast du manchmal das Gefühl, dass diese Welt nicht das einzig Reale ist?“ Lázaro wiegt das Glas mit Barraquito in seiner Hand. Der mit Zimt bestäubte Milchschaum wackelt.

„Ja, manchmal. Vielleicht sogar oft.“

Wir sitzen in Sesseln auf der Empore des *Café Ocho*. Von hier oben kann man durch ein Geländer gut das Kommen und Gehen ein Stockwerk tiefer beobachten.

„Es ist beinahe so“, fährt er mit gedämpfter Stimme fort, „als bräuchte ich mich nur schnell genug umzudrehen, und schon würde ich entdecken, dass es hinter mir kein Café mehr gibt, sondern nur ein blindes Feld. Real ist sie schon, die Welt… Bloß etwas durchscheinend. Wohingegen meine Träume seltsamerweise von einer überwältigenden Klarheit und Dichte sind.“

Mein Kopf hat angefangen zu pulsieren. Als er zögernd weiterspricht, vermischen sich die Ebenen seines Getränks; das dickflüssige Fundament aus *leche condensada* greift in den bernsteinfarbenen Licor 43 und wird langsam von Schichten aus dunklem Kaffee durchtränkt.

„Ich habe einen immer wiederkehrenden Traum davon, ein Löwe in einem fernen Land zu sein. Ich kann das Gewicht meiner Krallen gegen den Boden fühlen. Und die Erde, die zurückdrückt und Staubwirbel in die Luft kreiseln lässt. All diese Wahrnehmungen, all diese Details – sie sind einfach da, ganz ohne mein Zutun.“

„Was spürst du noch?"

„Lass mal überlegen. Das Reiben von Grashalmen unter meinem Fell... Wie der Wind in meinen Ohren faucht, wie er an meiner Mähne zieht." Er schaut mich mit zusammengekniffenen Augen an. Sein Blick scheint sich in der Ferne zu verlieren, scheint sich auf die Weiten einer afrikanischen Savanne zu richten.

„Es sind winzige Regungen und Wahrnehmungen, wie Muskelverspannungen oder ein pochender Backenzahnschmerz. Ein lautloses Magenknurren, das nur als innere Vibration wahrnehmbar ist. All das empfinde ich zur selben Zeit. Ohne den Fokus aktiv auf einen einzelnen Aspekt legen zu müssen. Ich brauche nur zu beobachten, und alles spielt sich von selbst ab."

Ich lasse dampfenden Kalakari-Tee vom Löffel zurück in die Tasse tröpfeln. In seiner Mulde bildet er einen See aus flüssigem Gold.

„Du hast also das Gefühl, dass nicht dein Gehirn die Bilder generiert, sondern dass sie bereits an einem anderen Ort vorhanden sind und du sie erst nachträglich wahrnimmst?"

„Ja – ja, so könnte man es sagen." Er nimmt einen Schluck von seinem Barraquito. „Hier, in unserer Welt, lebe ich in einem verschwommenen Gemisch aus Dingen. Immer bleibt etwas Schwammiges, Diffuses zurück, und ich kann einfach nicht festmachen, was es ist. In meinen Träumen hingegen bin ich mein Ich durch und durch; ich renne, trinke, jage und kaue, schlafe, ohne mich selbst dabei zu beobachten."

„Nur dass du ein Löwe bist..."

„In den Träumen bin ich eins mit mir selbst."

„Wie oft hast du sie?"

„Sie kommen in unregelmäßigen Abständen. Aber ich glaube, ich hatte sie schon immer. Das Löwen-Ich scheint sich parallel zu mir zu entwickeln. Als ich hier ein Kind war, ist es auch ein Junges gewesen. An den Geruch meiner Mutter und meiner Löwengeschwister kann ich mich noch immer erinnern. So eine blinde Geborgenheit war das. Aber es sind mehr einzeln aufflammende Bilder als ein kontinuierliches Zeitgefühl."

Am nächsten Tag sind wir im *Café Mundial* verabredet, das nicht weit vom Campus entfernt liegt. Auf etlichen Fernsehern laufen Musikvideos, die nicht mit der Musik aus den Lautsprechern übereinstimmen.

„Stell dir vor, Láz, du und ich – wir wären aus Gefühlen entstanden. Stell dir vor, wir wären Metaphern im Kopf eines anderen Wesens."

Er stößt einen tiefen Seufzer aus und reibt sich mit der Hand übers Gesicht. Seine Augen blicken aufrichtig besorgt.

„Das Gehirn liebt klare Gegebenheiten", sagt er. „Geordnete Schubladen und scharfe Konturen. Schau dir einmal die Stelle dort drüben an, wo die Wand auf die Decke trifft. Eine Fläche wirkt heller als die andere, oder? Wo beide sich berühren, gibt es einen deutlichen Kontrast. Das ist aber nur ein Effekt unseres Gehirns, um die Welt zu vereinfachen, um sie leichter verdaulich zu machen. Es serviert uns vorgekautes Essen. An keine Idee sollte man sein Leben hängen, Ziza. Das ist alles, was ich sagen möchte."

Auf der Toilette begegne ich meinem anderen, äußeren Ich im Spiegel. Wie verabredet halten wir inne und mustern uns verstohlen. Etwas in mir scheint zuzufrieren – diese Augen wirken fester als sonst, und den Mund umspielt ein bitterer Schwung.

Bin ich so leer und hohl wie das Mädchen im Spiegel vor mir? Mehr noch, fühle ich mich von ihrer glatten Kälte beherrscht, in ihrer vorherbestimmten und begrenzten Zweidimensionalität gefangen?

„Stell dir vor, es gäbe wirklich unendlich viele Universen", versuche ich es noch einmal, zurück am Tisch. „Dann gäbe es auch unendlich viele Wesen, die uns exakt gleichen, äußerlich wie innerlich. Vielleicht fällt bei einem das Haar in einem umgekehrten Wirbel. Oder ein anderer hat einen Punkt auf der Haut, wo du keinen hast. Eine gibt vielleicht nur in einem einzigen Moment ihres Lebens eine andere Antwort. Aber es gäbe auch unendlich viele, die uns exakt gleichen und in jeder Sekunde ihres Lebens genau das Gleiche tun und denken wie wir, aus reinem Zufall."

„Das Gleiche, aber nicht dasselbe, oder?"

Ich unterbreche mich einen Moment lang, weil sich ein Gedanke dazwischenschiebt, der Gedanke *‚Hieße das auch, es gäbe ein Universum, in dem keine Eibenbestandteile in Baby Moons Essen gemischt worden wären?'*. Dann fahre ich mit dem eigentlichen Thema fort: „Wie würden wir uns erkennen inmitten einer solchen Unendlichkeit?"

„Warum müssen wir uns denn erkennen?"

Die Iris im Spiegel ist gemasert und wird von einem Rand aus dunkler Farbe umschlossen. An der Unterseite haftet ein Teich aus Licht. Die Pupillen weiten sich wie schwarze Mäuler und ziehen sich keuchend zusammen, bereit, Seelen zu verschlingen. Sie sagen: Ich bin ein Phönix. Ich muss verbrennen und auferstehen!

„Wusstest du, dass im Keller der Villa Mariposa Traumexperimente durchgeführt werden?", frage ich Lázaro.

Als ich zum ersten Mal den Kellerraum, das still klopfende Herz der Villa, betrete, erinnert er mich eher an ein Krankenhauszimmer als an ein Schlaflabor. Er hat keine Fenster und in seiner Mitte stehen acht mit weißen Laken bedeckte Betten. Ihre Kopfenden sind einander zugewandt, während die Fußenden sternförmig zu den Wänden weisen. Offenbar handelt es sich um ausrangierte Klinikbetten, aus schwarzem Schaumstoff, versehen mit Trittpedalen, auf denen Pfeile in unterschiedliche Richtungen zeigen, und mit mehreren Hebeln, Griffen und Kurbeln auf Beinhöhe.

Verwundert blickt Lázaro sich um, zögernd, skeptisch, dann folgt er mir in den von Neonlampen erhellten Raum. Über jedes der acht Betten krümmt eine Apparatur ihren metallischen Hals wie in Sorge um einen unsichtbaren Patienten. Lázaro fährt mit der Hand über ihre Fühler, die lianenhaft in eine Arretierung fließen und von dort in noppenartige Elektrodenaufsätze übergehen. Mit den herabhängenden Kunststofffühlern erinnern die Maschinen an erschlaffte Urzeitwesen.

„Das ist eine lustige Vorstellung", sagt er. „Ein Spiel, bei dem ich als Kind liebend gerne mitgemacht hätte. Aber heute kommt es mir falsch vor."

„Schau, es ist ein Ort der Gegensätze."

Da ist zum einen der Teil des Raums, der sofort ins Auge fällt. Mit Schreibtischen und hohen weißen Schränken zugestellte Wände. Computer stehen neben fremdartigen Messgeräten. Eine Tür am anderen Ende des Raums hängt kühl und verschlossen in ihrem Rahmen.

Alles wirkt steril und ordentlich; die ganze Einrichtung ist modern, höhenjustierbar und steht auf Rollen. Es gibt fahrbare Schränke und Beistelltische; an der Wand hängen Konsolen mit rätselhaften Anschlüssen und außerdem ein großer Kasten mit Fächern, deren Beschriftungen Lázaro laut vorliest: „Kanülen. Multiadapter. Spritzen. Pflaster."

Zum anderen strahlt dieser unterirdische Ort auch etwas irritierend Inoffizielles, ja Konspiratives aus. Eine Ahnung von Hexenzirkeln mischt sich in den Krankenhausdunst, von okkulten Riten, wirkungsvoll nur, wenn in sternförmigen Mustern im Zentrum eines Raums abgehalten; und diese Ahnung scheint in diabolischem Zusammenhang mit dem randvollen Mülleimer zu stehen, in dem zwischen grauen Papiertüchern eine zerknüllte Medikamentenverpackung, zwei auf links gedrehte blaue Plastikhandschuhe und eine benutzte Spritze liegen.

EINSCHLAFEN

Unsere Hände können die Tassen kaum festhalten, als Rosa uns bedeutet, die Getränke einzunehmen. Im Schneidersitz sitzen wir acht Guanchamánes-Schüler uns auf den Krankenhausliegen gegenüber. In der Mitte des Kellerraums, wo die Betten zusammenlaufen, hat Rosa in einem Sessel Platz genommen.

Rechts von jedem Bett steht ein Metallgestell mit zwei Trinkgefäßen, links tröpfelt eine klare Infusionslösung in stetem Rhythmus aus einer Flasche und wird über einen Schlauch in unsere Arme weitergeleitet. Wir sind aufgekratzt und nervös, mit leeren Mägen, gespannt auf das, was kommt, und zugleich entsetzt und vor Furcht wie gelähmt. Rosa macht sich mit einem dünnen Bleistift Notizen in ein auf ihrem Schoß liegendes Buch.

Der Tassenrand berührt meine Lippen und eine zähe Flüssigkeit verteilt sich in meinem Mund. Tränen treten mir in die Augen, und es erfordert meine ganze Willenskraft, die kalte, leblose Masse nicht sofort wieder auszuspucken. Endlich rutscht der bittere Schlamm meine Speiseröhre hinab. Hustend greife ich nach dem bereitgestellten Wasserglas und trinke es in einem Zug leer.

In meinem Magen kitzelt es. Ich wische mir über den Mund und lehne mich zurück. Schließe die Augen. Öffne sie erneut und betrachte die Deckenbeleuchtung, die sich wie flüssiger Honig über mir ausbreitet. Zehn. Neun. Acht.

Ich lausche auf die Atmung der anderen, die sich bereits verlangsamt hat und tiefer wird. Gedanken knirschen. *Jetzt gibt es kein Zurück mehr,* lauert als unheilvoll grinsender Gnom an den Rändern des Moments, wo ich die verschwommene Existenz des Gedankens erahne, sie aber nicht vollends in mein Bewusstsein eindringen lasse. Wie eine Wahrheit, die man tief in seinem Innern bereits kennt, obwohl man noch nicht bereit ist, sie zu denken. Drei. Zwei. Eins.

Dann bin ich plötzlich weg. Oder, besser gesagt, ich befinde mich an einem anderen Ort. Himmel und Helligkeit fluten meine haltsuchenden Augen. Pflanzenrascheln schwillt wie trockene Gezeiten an. Gleichzeitig ertasten meine Finger kühle Blätter und darunter eine grobkörnige Erde. Ich hebe die Hand vors Gesicht und Kleeblätter rieseln mir auf die Lippen.

Auf einen Ellbogen gestützt begreife ich, dass ich in einem Teppich aus Klee gelandet bin, in buschigem, leuchtend grünem Klee, der mich wie ein dickes Kissen umfängt. Zwischen Felsen und Kakteen wachsen Disteln mit sternförmig verästelten Dornen. In unmittelbarer Nähe liegen ein paar fleckige Steine, unterseeische Kröten.

Eine bergige Landschaft bildet hier einen Kessel. Sie klafft auf wie eine Grimasse, deren Reißzähne Wolfsmilchgewächse sind und krumme Triebe in den tiefhängenden Himmel recken. Wolken schieben sich wie ein fester Deckel über die Kanten der Felsenschale. In ihnen schwimmt ein einzelner, schwarzgefiederter Raubvogel.

Die Einsamkeit trifft mich wie ein Schlag. So sehr ich auch versuche, meinen echten Körper, meinen irgendwo ganz in der Nähe und doch unerreichbar im Labor schlummernden Körper, zu ertasten und zum Aufwachen zu bringen, es mag mir nicht gelingen. *Dein Körper, deine Instinkte, sie vergessen so schnell, was Realität und was Traum ist, du merkst es nicht einmal.*

An einem kühleren Ort meines Bewusstseins stelle ich mir vor, wie über unseren schlafenden Körpern die kalten Blicke der Forscher schweben. Wie sie sich genau in diesem Augenblick Notizen machen, ihre Monitore kontrollieren und sich besprechen. Oben fliegt der schwarze Vogel. Die Schwerkraft zieht an mir wie eh und je. Nichts fehlt. Es ist die perfekte Illusion.

Worin liegt der Unterschied, ob das Gehirn Sinnesreize erhält, die durch Materielles ausgelöst werden oder ob diese Informationen auf Nichtmateriellem beruhen? Die Ergebnisse sind für das subjektive Empfinden ununterscheidbar.

Ich stehe auf und beginne, die Schräge der Gebirgsschale hochzusteigen. Meine Turnschuhe hinterlassen Spuren im Klee, Fußstapfen in knöcheltiefem, grünem Schnee. Wo ich gelegen habe, ist ein dunkler Abdruck zurückgeblieben. Doch es führen keine Schritte zu der Stelle hin.

Zu meiner Rechten beginnt eine dunkelgrüne Hügelkuppe zu wachsen und den Kesselrand rasch zu überragen. Mit jedem Schritt erkenne ich mehr von dem neuen Hügel. In der Ferne verschwimmen die Pflanzen auf ihm zu Schemen, zu gewelltem Moos auf Flussstein.

Wenig später springt der Horizont noch einmal fort, als über dem Hügel ein gezacktes Massiv auftaucht. Dort befinden sich Berge, dort strebt alles hin. Aus dieser Richtung kommt die regengetränkte Luft geflossen, strömen die violetten Wolken.

Wo ist der Rest der Gruppe? Wo sind die anderen?

Ich klettere höher, weiche Kakteen und den gekrümmten Wölfen mit ihrer giftigen Milch aus und ziehe mich an scharfkantigen Vorsprüngen hoch. Als ich mich umdrehe, reicht mein Blick bis zu einem Horizont, den mein Gefühl akzeptieren kann.

Unten liegt, geschrumpft, die Stadt – bunte und beigefarbene Häuser, die sich an den Hang wie Glimmer in einer Druse schmiegen. Der Himmel scheint über den Dächern zu bröseln, graublau auszufransen. Es ist, als verlöre er dort an Dichte, an Festigkeit, wie in der Nähe eines Geliebten. Balken aus glanzlosem Licht brechen durch den Boden der Wolken und benetzen die Erdoberfläche da, wo weit unten die von Schatten geschwärzte Feuchtigkeit eins mit dem blauen Silber des Meeres wird.

Als ich mich erneut umblicke, krampft sich mein Herz widerwärtig zusammen. Am gegenüberliegenden, den Bergen zugewandten Kamm der Felsenschale ist eine menschliche Silhouette aufgetaucht.

Der Ort, an dem wir zusammenkommen und uns niederlassen, ist der Beginn eines Pfades, der hinab ins Tal führt. Ein frisch lackiertes Blechschild ist dort aufgestellt, in Richtung der Berge weisend, sodass vom Tal her kommende Wanderer es lesen müssen. Doch die Schrift darauf ist eine fremde, sie erinnert an keine Sprache, von der wir je gehört haben. Die unbekannten Wörter bestehen aus langen und kurzen Linien, die sich chaotisch zacken und kreuzen.

Wir sitzen in einem engen Kreis am Boden und versuchen uns zu unterhalten und abzulenken. Böen peitschen über die pflanzenumwogten Felsen, lassen sie noch rauer und verlorener wirken. Alle acht haben sich versammelt. Als es kalt wird, kuscheln wir uns aneinander. Zu zweit gehen wir in das spärliche Gebüsch; niemand möchte sich allein entfernen.

„Woher kommt der Urin in unseren Blasen?“, fragen wir uns. Unter die bleierne Einsamkeit, die hier oben auch in einer Gruppe Träumender herrscht, hat sich ein weiteres Gefühl geschlichen. Den Pflanzen sind Sehorgane zwischen den Stacheln gewachsen, aus denen sie glubschäugig und hohl jede unserer Regungen belauern.

„Ich fühle mich, als hätte mich jemand an den Füßen in eine enge Röhre im Erdboden hinabgelassen“, sagt Eleonora.

„Kennt ihr diesen Moment beim Kieferorthopäden, wenn ihr daliegt und ein Abdruck von euren Zähnen genommen wird?“, fragt Paco. „Die Abdruckmasse kitzelt euch am Zäpfchen und ihr wisst, dass ihr dem Schluckreflex nicht mehr lange widerstehen könnt. Ihr wisst, wenn ihr würgen müsst, gerät alles außer Kontrolle. Also atmet ihr tief durch die Nase und wartet auf das Verstreichen der Sekunden, noch eine und noch eine und dann noch eine.“

Ein gellender Schrei lässt uns zusammenzucken. Der schwarze, schon seit geraumer Zeit über uns kreisende Vogel hat ihn ausgestoßen. Heftig zwischen den Luftschichten flatternd entfernt er sich, fliegt einen geschmeidigen Bogen und kommt dann im Sturzflug auf uns herabgesaust. Mit einem lauten Summen rauscht er wenige Meter an unseren Köpfen vorbei.

„Verteidigt er ein Nest? Sein Revier?“, fragt Lyra.

Gleich darauf rudert er wieder in höhere Gefilde, wo er aufs Neue seine Bahnen zu ziehen beginnt.

„Will er uns vertreiben?“

„Was ist das für eine Welt? Ist der Vogel eine leere Projektion ohne Bewusstsein?“

„Die Welt erschafft sich eigenständig, wenn man ihr erst einmal einen Schubs gegeben hat."

„Es sieht nach Regen aus."

„Wir können hier nicht ewig sitzenbleiben."

„Was schlägst du vor?"

„Wir können nicht die ganze Dauer des Spiels vor Angst erstarrt am Boden sitzen bleiben."

Also folgen wir dem Pfad hinab ins Tal. Bald taucht erneut das Meer am Horizont auf. Durchsichtig wie ein Phantom steigt es aus dem Dunst. Eine Gruppe im Wind keuchender Ziegen treibt durch das wogende Gras rechts und links des Weges. Dann kommen die Hundezwinger und Farmerhütten. Lautlos weiß glühen sie vor dem dunkelnden Ozean.

Und schließlich: Wohnhäuser, Gärten, Wege.

Der erste Mensch der Welt ist eine alte Frau, die sich aus dem Fensterrahmen lehnt, eine Zigarre rauchend, in fleckigem Unterhemd. Mit großen Augen machen wir einer Familie mit Kinderwagen auf dem Bürgersteig Platz. Aus einer Kirche treten Leute auf einen in der Abendsonne glänzenden Platz.

Lebendige Männer und Frauen sitzen in Cafés und Kneipen. Sie laufen, mit Einkaufstüten in der Hand. Jedes neue Gesicht wird zu einem Aufatmen und verankert uns mehr im Hier und im Jetzt, betäubt das geballte Grauen in den Dingen.

Und tatsächlich: Die Straßen, die Häuser, der ganze wirbelnd warme Samstagabend – alles scheint wie immer zu sein, so überwältigend vertraut, dass sich zwischen uns Träumenden bald eine aufgekratzte Euphorie breit macht.

Isabel und Caméon entdecken Portemonnaies in ihren Taschen, Ismael eine Geldspange in seiner, und alle drei haben offenbar Zugang zu ihren Konten. Also beschließen wir, uns einen angenehmen Abend zu machen. Wir gehen in das teuerste Restaurant, das wir kennen, anschließend in eine Bar, dann in einen Nachtclub.

Wir trinken und vertreiben mit lautem Reden die in unseren Knochen lauernde Angst. In Schäumen aus blauen und pinken Melodien wiegen sich unsere Körper zum Donnergrollen der Bässe, bis tief in die Nacht hinein.

In der Flut aus Shots und pfeilschnellem, uns durchdringendem Licht sagt Cam irgendwann: „Ich gehe jetzt heim."

„Aber du kannst nicht heimgehen", antworten wir. „Wo ist heim in einem Traum? Es gibt kein heim."

„Doch", sagt er unbeirrt. „Ich bin müde und gehe jetzt pennen, ist mir egal was ihr sagt."

Also lassen wir ihn ziehen, lassen ihn schwankend durch die Tür nach draußen auf die Straße entschwinden. Uns anderen ist es unheimlich geworden, auch wir können nicht länger bleiben, können aber ebenso wenig nach Hause gehen. Keiner von uns will die Nacht allein verbringen. Also teilen wir uns in zwei Gruppen auf. Isabel, Paco und Eleonora sollen in Isabels Wohnung übernachten. Und Ismael und ich wollen mit Lyra und Lázaro nach Hause gehen und nachschauen, ob Aceituna auch in dieser Welt existiert.

Ich wache mit Bauchschmerzen auf. Nein, ganz wach bin ich eigentlich noch nicht. Noch bevor ich einen klaren Gedanken fassen kann, ist das Gefühl da, viel zu viel Gefühl, und es ist kein gutes. Es ist unheilvoll und bedrohlich. Ich könnte mich bewegen, aber wo sollte ich hin, um der Qual zu entfliehen, die wie Ruß aus meinem Innern aufsteigt und das Zimmer ausfüllt? Also bleibe ich reglos und zu einem festen Knoten verformt liegen.

Es hat schemenhafte Träume gegeben, etwas Hässliches, Verstörendes. Alles Träume.

Mir ist übel und mein Kopf dröhnt. Es kommt mir vor, als hätte ich etwas Furchtbares getan, etwas nicht wieder Gutzumachendes. Das Grauen der Albträume, in denen man jemanden umgebracht hat – aber wen nur? Wen? Mich selbst?

Neben mir im Bett liegt die schlafende Lyra. Ich taste

nach ihrem Arm. Ihre Haut beruhigt mich. Auch Aceituna sitzt auf dem Fensterbrett und blickt, den Kopf leicht hin und her wendend, nach draußen, wahrscheinlich dem Flug der Vögel folgend.

„Bist du echt?“ flüstere ich ihr zu.

Sie blinzelt und wendet sich mit einem seltsamen Ausdruck wieder der Palmenallee unter ihren Pfoten zu. Ismael und Lázaro liegen in Boxershorts auf dem ausgeklappten Sofa. Noch in der Nacht haben wir das Sofa aus dem Wohnzimmer geholt, damit alle in einem Raum schlafen konnten.

Verlasst mich nicht, denke ich flehend, und beim Anblick der drei Schlafenden steigen mir Tränen in die Augen. Ihr drei, und auch Cam, Leo, Paco und Isabel, ihr seid jetzt alles, was mir geblieben ist.

ATARDECER

FLUSSFISCHE

Die Tage gleiten dahin, ausdruckslos und kühl wie Flussfische. Der Gestank von Unumkehrbarkeit verpestet die Luft. Um nicht den Verstand zu verlieren, beginnen wir uns mit den Umständen abzufinden, muntern uns gegenseitig auf – „Solange wir hier festsitzen, bleibt uns nichts anderes übrig als unser altes Leben irgendwie fortzusetzen."

„Ich wünschte, ich hätte nie mitgemacht", murmelt dann meistens jemand und ein anderer stöhnt: „Ich möchte zurück. Wo ist der Ausgang? Ich will hier raus! Oh Gott, warum haben wir das getan?"

Nachdem wir uns beruhigt haben, unterbreitet Eleonora uns einen Vorschlag: „Lasst uns nicht mehr darüber reden, weshalb wir hier sind. Lasst uns wenigstens für ein paar Tage versuchen, es zu vergessen."

Also versuchen wir es. Wir nehmen die Vorlesungen am Campus wieder auf, kehren in unsere Zimmer zurück, in unsere Wohngemeinschaften, Freundeskreise und Familien, nehmen Hobbies, Nebenjobs, Sportaktivitäten, ja, sogar Beziehungen wieder auf. Irgendwann schaffen wir es sogar, allein zu schlafen. Als hätte bloß wieder einmal die alte bleierne Müdigkeit gesiegt.

„Vielleicht ist genau das die Herausforderung dieser Welt", sagt Caméon bei einem Gruppentreffen an der *Playa de las Hespérides*. „Nicht den Verstand zu verlieren, sich anzupassen, diese Welt zu akzeptieren -"

Gereizt wende ich den Blick ab. Der Himmel in Richtung Inselinneres, wo der Flughafen liegt, wirkt wie verklebt, eingesponnen von den Landeplatzscheinwerfern, deren Licht sich in Saharastaub verheddert. Es ist der raue Atem der Wüste, der als kränklich gelbe Wolke unterhalb des Vulkans steckengeblieben ist.

„Vielleicht ist eben das der Schlüssel zum Ausgang aus dem mentalen Labyrinth", fährt Cam aufgeregt fort und kleine Speichelbläschen sammeln sich in seinen Mundwinkeln. „Nur unsere Angst hält uns hier gefangen. Wir müssen sie loslassen und endlich wieder leben."

Das schäumende Meer scheint jetzt nicht mehr groß genug, um uns auszufüllen. Vielmehr trägt jeder zischende Seufzer, der sich auf dem Gestein räkelt, eine neue Einsamkeit und Sehnsucht heran, ein neues Warten, das in blauer Ewigkeit erlischt. Das Leid der Wartenden. Das Leid der Wüstenfrauen.

Die Nächte hingegen treiben rastlos und schwer. Wie eine Süchtige sehe ich mir Videos an, auf der Suche nach etwas, das mich wachrütteln könnte. Früher am Abend bin ich einem plötzlichen inneren Brennen folgend zum Supermarkt gelaufen und habe zwei Weinflaschen und Chips gekauft. Als ich mit dem Beutel in der Faust durch die Dunkelheit zurücklief, weinte ich, doch meine Augen blieben trocken und leer.

Mein Blick klebt starr an den Dingen. Der rastlose Strudel zieht sich enger um mich zusammen; immer gieriger klicke ich das nächste Video an, ohne dass mein Hunger gestillt wird. In Ermangelung eines anderen Brennstoffs beginnt mein Gehirn, sich selbst zu verschlingen. Das Glas beschlägt mit weißem Nebel und für einen kurzen Augenblick fühle ich mich beschwichtigt, der Strudel rotiert langsamer. Ich nehme noch einen Schluck, laufe Kreise durchs Zimmer wie der Panther in einem Gedicht von Rilke, eine sich überhitzende Maschine, die zu ruckeln und Schrauben und Muttern auszuspucken beginnt, Mütter ausspuckt, während Drähte durchbrennen und Metallteile in ihrem Bauch schmelzen.

Im Bett liege ich mit meinem Kopfschmerz, der sich als glühender, gezackter Draht vom rechten Augapfel bis zur Rückwand meines Schädels windet, und ich denke, dass das Leben ein gefrorener See ist und niemals konstant oder einheitlich. Unter dem Eis lauern Dunkel und unterseeische Monster, die nach Notizheften voller Zeichnungen schnappen, wenn man gerade nicht aufpasst. Glaubst du in einem Moment, sicheren Halt gefunden zu haben, bricht das Eis im nächsten unter dir ein, fällt der Boden nach unten weg und lässt dich ungeschützt in die Finsternis baumeln.

Für andere Menschen bin ich das Bild einer Person. Ich bin eine Idee, die durch die Straße läuft, in den Bus einsteigt, die Aula der Universität durchquert. Sie sehen mich zur *tranvía* laufen und denken ‚Bestimmt hat sie ein gutes Leben, denn sie ruht in sich' oder ‚Sie trägt einen hübschen Pullover und ihre Haare wehen im Wind – ihr Leben muss gut sein. Ja, sie muss glücklich sein. Wenn ich nur ein kleines Stück davon haben könnte, wäre mein Leben magischer. Mein Leben besteht nur aus echten Dingen, aber ihres besteht aus Träumen und Ideen'. Sie sehen mich in den Sonnenuntergang lächeln und glauben, ich sähe etwas anderes als sie. Sie nehmen an, mein Leben wäre eine Aneinanderreihung scharfer Momentaufnahmen.

Aber ich kann das Wehen meiner Haare hinter mir nicht sehen, nur ganz selten spüren. Der Pullover, den ich trage, ist bereits mit mir verschmolzen, sodass er kein neues Gefühl mehr auslöst. Ich bekomme nichts von der Idee mit, die ich für andere bin. In meiner Welt gibt es keine Ideen, sondern, wie bei jedem, bloß viele trübe Realitäten.

Zum Einschlafen höre ich ein Hörbuch. Dann: Die Pausen der Vorleserin werden immer länger, minutenlang scheint sie zu schweigen und in diesen Pausen ereignen sich vor meinem inneren Auge ausgewachsene Traumszenen! Dabei vergehen höchstens zwei Sekunden, in denen sie bloß Luft holt und zum nächsten Satz ansetzt. Beweist das, dass der Schlaf die Zeit wie ein elastisches Band verzerrt und verlängert und dass sich in seinen Tiefen ganze Weltengründe auftun können? Dass ein Mensch, am Ende seines Lebens, dank der in Träumen gelebten Zeit Tausende von Jahren alt geworden sein müsste?

Halb schlafend, halb wach, kommen Erinnerungen an den Tag hoch, verselbstständigen sich und fächern aus, unterhalb des Hangs, der neben einer Straße verläuft. Plötzlich setzt sich jemand neben mich, nur für eine Sekunde, aber ich erschrecke so sehr, dass ich davon erwache.

Als wäre diese Schattengestalt aus dem Nichts aufgetaucht. War es überhaupt ein Mensch? Eher der Schatten eines solchen, konturlos. Ein anderes Gesicht schiebt sich dazwischen. Doch ich weiß, noch bevor es sich von einer weichen Masse in klare Züge verwandelt, geliebte und vermisste Züge, dass es mit zu viel Schmerz verbunden ist. Also schiebe ich es fort, beobachte, wie es kleiner wird, ein davonfliegender Ball. Vielleicht entfernt es sich. Oder es nähert sich in Wahrheit und wird zur selben Zeit kleiner, sodass es lediglich so scheint, als flöge es auf den Horizont zu, während es eigentlich zu einem winzigen Punkt direkt vor dem Auge geschrumpft ist.

Am Nachmittag haben sich alle Katzen im Umkreis von zwanzig Kilometern aus Fenstern und von Balkonen gestürzt. Die meisten haben den Sturz überlebt. Doch niemand kann verstehen, wie es dazu gekommen ist.

In der Universität stehen Leute in Grüppchen zusammen und reden aufgeregt über die Nachricht. Zeitungen berichten darüber: „Könnte es am Mond liegen?“ „An Wetterveränderungen?“

Etwas ist hervorgebrochen, das ich nicht mehr einzusperren vermag. Da war eine Chance, eine Hoffnung, das erneute schmerzhafte Umpolen meiner gesamten Psychologie... Reglos liege ich da und tränke meine ausgeleierten Augen mit eintönigem Schwarz. Es macht keinen Unterschied, ob sie offen oder geschlossen sind, auf beiden Seiten gähnt derselbe Abgrund, auf beiden Seiten wuchern Geister in leeren Mondkratern. Erst nach langer Zeit merke ich, dass ich nicht mehr geatmet habe, seitdem ich das letzte Mal darüber nachgedacht habe, und so hole ich pflichtbewusst Luft, nur um anschließend wieder in die ohnmächtige Katalepsie zurückzustürzen.

GESPENSTER

Milch und Regen umspülen die Hänge der Nordberge. Die Tropfen, die von der Plastikfolie abperlen, sind warm, weich und rund. Ich bestelle einen Cappuccino und ein warmes Mittagessen. Letzte Nacht hat mich das laute Knurren meines Magens geweckt.

Und plötzlich bilde ich mir ein zu verstehen, wie jemand in den Wahnsinn getrieben, wie er von ihm verschluckt werden kann. Man sieht dabei zu – die klaren Momente werden von den verworrenen, verdrehten umzingelt und mehr und mehr verdrängt. Man bricht innerlich auf.

Etwas ganz Wichtiges, ein Licht, eine Laterne, entgleitet, zerspringt am Boden in Millionen kleiner Schatten, und ohne dass man erklären könnte, wie man in diese Situation geraten ist, findet man sich auf der Erde kauernd wieder, tastend nach etwas suchend, von dem man nicht mehr weiß, was es ist, weil man das Wort *Licht* bereits vergessen hat. Etwas Wirres, Dumpfes, Verzehrendes kommt zum Vorschein, das man niemals hat sehen wollen.

Es muss beängstigend sein, wenn aufgedruckte Pandabären auf Kindersocken so real wirken, dass ihr Anblick einem Albtraum im Wachzustand gleicht. Es ist beängstigend, wenn die eigene Tochter plötzlich an Substanz verliert und es nur noch hilft, eine schwere Taschenlampe nach ihr zu werfen. Denn die Tochter hatte ihre oberen Augenlider umgeklappt, deren wundrosafarbene, fleischige Innenseite nach außen gewendet, um eine Grimasse aus der Grundschule nachzuahmen.

Ein Mädchen aus der Uni, Andrea, das den Kurs *Arquetipos Literarios* mit mir belegt, fragt mich nach dem Unterricht, ob ich mit ins Einkaufszentrum kommen wolle. In den *Arenas de Nivaria* könnten wir etwas essen und anschließend ins Kino gehen.

Bestimmt werde ich mitkommen, rede ich mir ein. Noch am selben Tag vertraue ich mich Lázaro an. Erschöpft erzähle ich ihm von dem schwelenden Unbehagen, das mein Leben seit Wochen vereist. Obwohl ich nicht wirklich glaube belauscht zu werden, spreche ich leise.

„Ich habe Angst vor anderen Menschen, die nicht wir sind. Nicht wir acht. Ich mag es nicht, ihnen in die Augen zu sehen, weil – ach, ich weiß auch nicht."

„Weil du Angst hast, dass sie nicht echt sind?"

„So etwas in der Art."

„Aber vielleicht sind sie es ja. Was spricht denn dagegen?"

„Wie könnten sie echt sein? Es ist eine Simulation."

„Vielleicht ist es mehr als das. Eine andere Möglichkeit. Ein anderes Leben."

„Denkst du, dass Cam Recht hat?"

„Es ist zumindest ein Ansatz."

„Hast du gewusst, dass es so lange anhalten würde?"

„Nein. Ich hatte keine Ahnung. Und ich bereue es mit jedem Tag mehr, dass wir dich mitgenommen haben."

„So erleben wir es wenigstens zusammen."

Er seufzt. „Ja, das stimmt wohl."

„Also öffnen wir uns dem Traum komplett?", frage ich. „Wir lassen uns von ihm vereinnahmen, wir verwandeln uns in ihn – hoffend, auf diese Weise den Ausgang aus dem Spiel zu finden?"

„Es hat doch bereits angefangen. Spürst du es nicht? Alle sind viel ruhiger geworden. Es fühlt sich immer normaler an. Ich glaube, wir sind auf einem guten Weg."

„Ismael –"

„Wir werden ihn auch noch überzeugen. Diese Welt ist doch nicht schlecht."

„Nein. Sie ist genau wie die alte. Nur... anders. Falsch."

„Wenn du es nicht wüsstest, würdest du es niemals bemerken."

„Aber es ist eben dieses Wissen, das mich quält."

Der wissende Körper wirft sich hin und her, auf der Suche nach einer Position auf der Matratze, in der er hofft, denken zu können. Ist das Universum beständig, ist es absurd? Können wir an etwas glauben? Und wenn ja, woran? Den Tau des Paradieses zu trinken heißt nicht, ein weiserer Mensch zu werden.

Aber die Stimmen rücken bloß weiter auseinander, reden gleichzeitig auf Spanisch und Französisch, dazu eine quäkende weibliche, amerikanische Stimme und dazwischen die Gedankenstimme, alles, was ich hätte tun können, alles – man müsste durch frische Morgenluft laufen. Wieso habe ich seit längerer Zeit nichts mehr gemalt? Ich, auf einer imaginären Party, führe ein imaginäres Gespräch mit Lázaro. Mein Kopf dreht sich wie lose auf dem Hals. Die Kissen sollten Trost spenden, aber sie verschlimmern alles noch. Da sind drückende Kopfschmerzen wie stille Beobachter. *But the soul would have no rainbow if the eyes had no tears,* sagt das goldhaarige, ausdruckslose Mädchen.

Alles, was ich sehe, wirkt jetzt anders. Die bunten Kaugummibällchen. Der erschreckend kurze, spitze Bleistift und die sehr dicht bemalte Schreibtischunterlage. Der Kalender mit dem Goldhaarmädchen. Ein Mädchen, aber ist es nur ein Stück Buchumschlag, feste Pappe? Wie grausam das ist! Ist es Leben oder ist es kein Leben? Und eine Liebe – aber sie ist nur ein Stück schwarzen geschliffenen Glases, gebrochenen Steins, *in the hours when we are trembling with tenderness,* ist sie Leben oder ist sie kein Leben? Ein Schreiben vom Zentrum für Datenverarbeitung: An einer Stelle ist ein Stück eingerissen, so symmetrisch wie der

Wasserfarbenschmetterling, den man im Kindergarten in einem gefalteten Papier erzeugte. Es ist die Stelle, wo das Brotmesser an einem anderen Tag zu tief in den Briefumschlag eingeführt wurde. Etwas starrt die gedrängten Papierfalten an.

Ein merkwürdiges Phänomen ist es, als einige von uns anfangen zu glauben, wir seien wieder aus dem Traum aufgetaucht.

„Wir haben es geschafft, wir haben den Schlüssel gefunden!", ruft Caméon aus, Tränen der Freude in den Augen. „Als wir aufgehört haben, Angst zu haben und uns zu sträuben, sind wir zurückgekehrt. Wir leben jetzt wieder in der alten Welt!"

„Aber das ist nicht unsere alte Welt", bringe ich stockend hervor, meine Stimme gedämpft von einem übermächtigen Gewicht. „Wir stecken immer noch fest."

Cam schüttelt mich leicht. „Paco und ich sind vor zwei Tagen in den Süden gefahren, zur Villa Mariposa, und haben mit Rosa geredet. Sie hat es bestätigt. Wir haben die Herausforderung gemeistert. Ihr solltet sie auch besuchen gehen."

Die Stimme in meiner Kehle ist zu einem Haufen Asche zusammengefallen.

„Das war nicht wirklich sie", murmele ich tonlos, sodass er es nicht mehr hört. Langsam, unaufhaltsam, werden wir, die Traumwandler, einander fremd.

„Frühmorgens an einem Fluss hat einmal etwas im Gebüsch geraschelt", erzähle ich Lázaro in der darauffolgenden Woche, als wir bis spät in die Nacht am Strand sitzen. „Das war noch in Berlin. Ein schimmerndes Gespenst stand am anderen Ufer, ein Geist, ein Spukwesen. Ich bin weggerannt, und mein Herz hat so stark geklopft. Warst du das?"

„Kann sein", sagt er leise. „Deine Gedanken sind Realitäten geworden. Du bist hierhergekommen, weil dich etwas gerufen hat, das du weder fähig warst zu erklären noch zu ignorieren."

„Das ferne Rauschen deiner Stimme in den Landschaften meiner Träume…"

Er schließt die Augen, atmet tief ein und aus.

„Es pulsiert unter meiner Haut, wölbt seine Wälder über mich."

„Unbewusst haben wir beide versucht, die Wasser von Babylon zu finden", sage ich.

„Nicht aber in dieser Welt…"

Und dann stellt er die Frage, mit einer Stimme aus warmen Sandkörnern, die aus einer halbgeschlossenen Hand herabrieseln. Mein Herz überschlägt sich und zieht sich ein Stück zusammen. Er beugt sich vor und überbrückt das letzte Stück, das noch zwischen uns liegt, und unsere Lippen treffen aufeinander wie samtene, sich für die Nacht schließende Blütenblätter. Funkelnd und sprühend fällt der Sternenhimmel über uns zusammen.

MAGENSCHAUM

Fett ist Liebe. Warum verehre ich so sehr, dass die Brust mir vor Schmerz verschwimmt, diese vergeblichen Dinge? In den unnützen Dingen des Körpers finde ich das meiste Glück. Warum? Vielleicht weil ich hier der puren Essenz von etwas begegne und überwältigt bin von ihrer Heftigkeit. Fett am Bauch. Wuchernde Körperhaare. Ein weiches kaffeebohnenförmiges Muttermal seitlich am Brustkorb, das man bei Umarmungen ertastet, auf das man so gerne den Finger legt, um es sanft zu wiegen, die feine Rille in der Mitte zu spüren, die wahnsinnige Schönheit in dieser Perfektion, die Verletzlichkeit dieser kleinen braunen beweglichen biegsamen Haut.

„Wie ist es, in deinem Gesicht zu leben?", frage ich ihn staunend.

Währenddessen ist mir der Wille zur Konzentration abhandengekommen. Wo ist meine Verbindung zu den

Aquarellstiften, zu den Pinseln und Kohlen hingegangen? Das Leben ist mir wichtiger geworden als die Vergeistigung, und der Preis ist, dass meine Augen trüb und meine Ohren verstopft sind von der Welt, die auf mich eindringt und bewirkt, dass ich weniger wahrnehme, weniger denke, weniger beobachte.

Mit einem Hauch von Bleistift notiere ich die Übersetzung in den kleinen Zwischenraum zwischen den Zeilen. Das Wort muss über die nach ihm greifenden Spitzen der „H"s, „L"s und „T"s hinwegtänzeln und sich unter ausholenden „g"s und „p"s entlangducken. So lese und übersetze ich für den Kurs in englischer Philologie, lehne mich dann schwungvoll zurück – und knalle mit dem Hinterkopf, nicht mit großer Wucht, aber doch sehr abrupt, gegen die Wand.

Es tut nicht sonderlich weh, der Schmerz lässt zwei oder drei Herzschläge lang auf sich warten und ballt sich dann halbherzig unterhalb der Schädeldecke zusammen. Doch die Erkenntnis, zu der dieser scharfe Knall mich führt, besorgt mich. Die Erkenntnis bedarf keiner Worte, sie besteht ganz aus Bild und Gefühl: Ein fester Schlag auf den Kopf, und alles könnte verschwinden. Alles wäre mit einem Mal ausgeschaltet wie von einem Lichtschalter – dann: Leere, Dunkelheit, weniger noch – Nichts. Und das Ich, verloren, abgeschnitten vom Sein, ohne es auch nur zu wissen. Aber vielleicht besser, als ewig in einer Simulation gefangen zu sein?

Unvermutet glaube ich, unsere Mutter zu verstehen und in ihr Lebensgefühl eingetaucht zu sein. Ich meine, mich mitten in ihrem Kopf wiederzufinden, der von der Instabilität der Welt wusste, sie erahnte und die letzte Konsequenz aus ihr zog. Ein Kopf, dem das bewusst ist, der diese Erkenntnis nicht zu verdrängen vermag, ist nicht lebensfähig.

Ich denke wieder vermehrt an Baby Moon. Ihr Gesicht taucht vor mir auf, in Momenten, in denen ich am wenigsten damit rechne. Es ist ungefähr ein Jahr seit unserer Ankunft im Traum vergangen, als sich eine Art elektrisches Flimmern in meinem Körper breit macht und wochenlang nicht mehr daraus verschwindet. Ein rastloses Vibrieren, das mir den Schlaf raubt und nie ganz fortgeht. Muss alles immer in einem Kasten voller Dunkelheit enden? Alles verschwindet im Nichts, löst sich in bedeutungsloser Unendlichkeit auf. Entschwindet, als wäre es nie dagewesen. Es gibt keinen Sarg, es gibt kein Grab, keinen Leichnam und keine Erklärung. Was zurückbleibt, ist nur ein nagender Schmerz, der den Körper zu zerreißen droht.

Ein Ausbruch bahnt sich an wie eine Magen-Darm-Grippe. Erst füllen sich die Arme mit lähmender Schwere. Gelenke und Rücken beginnen zu schmerzen. Alle Kraft zischt wie Luft aus einem Ballon. Als nächstes fallen wesentliche Dinge wie das Atmen schwer. Übelkeit fließt durch die Adern wie Schlamm, verstopft die Blutbahnen, während der Bauch sich verkrampft und lautstark mit dem letzten Essen gurgelt.

Ein Stein liegt auf der Brust. Ein schwerer, kalter Brocken, ein spitzkantiger Wackerstein. Man möchte die Körperoberfläche auf ein Minimum reduzieren, um das auseinanderfliegende Bewusstsein irgendwie zusammenzuhalten.

Ein langgezogener Ton. Ein tieferer. Der Anfangston noch mal. Dann ein wehmütiger dritter. Und das Ganze von vorn. Das Tempo ist gemächlich, schläfrig. Die Töne scheinen sich aus wogenden kosmischen Farben zusammenzusetzen, aus abgründigen Gefühlen und lieber unausgesprochenen, geleugneten Antworten. Zarte, melancholische Klaviertöne gesellen sich dazu. Und etwas wie das ferne, hallende Echo menschlicher Stimmen, fremd und vertraut; das schlichte, sehnsüchtige Summen jener Orte, an denen keine Worte mehr existieren.

Yaela ist fort, für immer. Man kann sie nicht wiederherstellen, nicht zurückbringen, auch nicht im Traum.

Sie ist, was man *unwiederbringlich verloren* nennt. Tränen laufen mir seitlich über die Nase und in die Mundwinkel, schieben sich salzig und glatt zwischen meine Lippen. Mit jedem Schub pressen sich neue Tropfen heraus. Wie etwas Echtes, Greifbares durchlaufen die Schübe meinen Oberkörper. Sie quetschen sich hinauf in meinen Hals und steigern den Druck in meinem Schädel, weil ich das Schluchzen noch unterdrücke. Wie auch Glückswellen es tun. Oder Magenschaum bei Übelkeit.

Ein Kiesstrand gefolgt von braunen Gesteinsschichten, in denen sich ein schmaler Teich aus im Wind kräuselndem Meerwasser gesammelt hat – dahinter beginnt das laute Wasser. Der Ozean hat nicht nur viele Farben und Gerüche, sondern auch unterschiedliche Stimmen. Heute ist er ein dumpfes, dunkelgrünes Knurren, ein animalisches Brummen, das sich in einem Klangteppich aus zischenden Atemzügen unermüdlich erneuert.

Die anderen haben ein Surfbrett ausgeliehen. Sie haben Neoprenanzüge mitgenommen. Mit dem Auto sind wir hergefahren; das Surfbrett wurde an die Decke gebunden und ragte über unsere Köpfe bis nach vorne zur Frontscheibe. Es ist der erste Ausflug der Gruppe seit über einem halben Jahr. Nur Caméon fehlt.

Am Strand wird das Board gewachst. Paco zieht einen hellblauen Würfel, der nach Kaugummi riecht, knatternd über die kaum sichtbaren Hügel und Täler der Brettoberfläche. Nur die Spitze lässt er aus.

„Heute gibt es Strömungen." Er schraubt drei Finnen auf der Unterseite fest. „Kein guter Tag, um anzufangen."

Lyra gießt heißes Wasser aus einer Thermosflasche in eine mit Mate gefüllte Tasse. Wie eine Friedenspfeife wird sie herumgereicht und jeder muss durch das Trinkrohr trinken, ohne es mit der Hand zu berühren, bis ein schlürfendes Geräusch zu hören ist.

Ich laufe an die Meereskante, wo die Wellen schäumende Tunnel im Fels fluten, ausgewaschene Labyrinthe, durch die hellgraue Fischschwärme in die Teiche gespuckt werden. Dort gehe ich in die Hocke und taste nach den weichen Algen, die in faustgroßen Pfützen schwanken. Isabel und ich nehmen zwei Einsiedlerkrebse in die Handfläche, schütten Wasser nach und beobachten, wie sie zögernd hervorlugen mit zitternden orangefarbenen Fühlern. Winzige Krallen kitzeln unsere Haut. Sie reicht mir die Hand, als wir über die dicken Kiesel zurückbalancieren.

Später, auf Lázaros Schultern, wie auf einem Wüstenkamel über die Promenade spazieren. Die Zigarette an seine Lippen führen und ihn daran ziehen lassen, sie wieder wegnehmen, zwischen Zeige- und Mittelfinger, und gespielt gekonnt etwas Asche in den Wind schnippen. Nachts am Strand fortrennen, fort von der Wut und Unbeherrschtheit, hinein in die pulsierenden Arme der Dünen, und den Mond anheulen. Vor der ruhigen Gestalt auf der Promenade flüchten und auf den rutschigen Steinen beinahe stolpern, *ay*!

Meine inneren Augen öffnen sich. Ich bin vor seiner trübseligen Rationalität davongerannt, denn ich spreche diese Sprache nicht, ich fürchte mich vor ihrem dunklen Sog, in dem kein einziges Wort mehr seine ursprüngliche Bedeutung trägt, in dem ich mich nicht zurechtfinde. Die Vernunft befällt den Verstand wie ein unsichtbares Gift, untergräbt jeden echten Gedanken, bildet Ringe, redet sich in Rage, ich schweige, denn ich bin sprachlos – zwischen den Häusern gehen gelbe Sterne auf und zieren die Hänge wie kostbare Perlen.

INDIVIDUUM EST INEFFABILE

Ich laufe durch die Morgensonne, Brötchen holen – kalter und sonniger Herbstsamstagmorgen. Der Himmel ist ein klirrendes Blau, weit gedehnt und unverstellt. Weißes Licht glitzert auf den Tautropfen der Blätter.

Ich fühle mich mit Baby Moon verbunden, die doch immer die Schönheit des Morgens, der Natur und der kleinen Dinge geliebt und beschrieben hat, und ich versuche, ihren Geist in diesem Glitzern zu finden, ihre Essenz in der verheißungsvollen Klarheit der Luft zu riechen, in den krächzenden Eichelhähern über meinem Kopf und dem hellen Kullern der herabgefallenen Eicheln auf dem Weg. Sogar in meinen kälter werdenden, aus dem Schal hervorlugenden Ohren. Ebenso im freundlichen Grüßen eines Vaters mit seinem Kleinkind, denn auch sie ist immer herzlich zu den Menschen gewesen, begegnete ihnen so, als würde sie sie schon lange kennen. Sie hat Wärme in die Welt gebracht, und unvoreingenommene Liebe.

Ich bin auf einem guten Weg, rede ich mir ein. Wenn ich sie so in Ehren halten kann, wenn es mir gelingt, sie in der Schönheit der Natur und in allem Guten, das mir widerfährt, zu erkennen, wenn ich mich als Gefäß ihres Andenkens verstehen kann, dann habe ich wohl eine Chance, noch einige Zeit weiterzuleben.

Beschwingt lasse ich mich auf dem Stuhl vor dem gläsernen Wohnzimmertisch nieder, nehme den Laptop aus seiner Filzhülle und fahre ihn hoch. Die Projektionsfläche aus Flüssigkristall flammt auf und das Gerät erwacht mit einem knisternden Seufzer zum Leben.

Die Uhrzeit am rechten unteren Rand zeigt 14:26 an. Der in meinem Kalender verzeichnete Termin für die Videokonferenz liegt auf fünfzehn Uhr. Langsam baut sich der Bildschirm auf, wie ein Bewusstsein, das nach langem Traum wieder zu sich kommt und seine verstreuten Einzelteile aufs Neue zusammenfügt.

„Schauen Sie."

Hinter dem Gesicht des Mannes leuchtet der Druck eines Fotos von einem Wald auf einer großformatigen, rechteckigen Leinwand auf. Sie ist ungefähr so breit wie ein liegender Mensch.

„Könnten Sie vielleicht ein Stück zurückgehen?", frage ich.

„Äh, ja. Moment. Können Sie es so besser erkennen?"

„Wenn man der Leinwand zu nah kommt, löst das Bild sich in seine einzelnen Farbpigmente auf, Herr Nurnus. Es verliert an Gesamtheit und Sinn. Nur wenn man sich weit genug davon entfernt, wird der Wald als Einheit erkennbar, entfaltet sich seine Magie und Schönheit."

Doch die Kamera schwenkt bereits in eine andere Richtung. Da steht ein Dutzend Stühle mit schwarzem Stoffbezug und sichelförmigen Armlehnen aus Holz.

„Erinnern Sie sich an diese Räume?", fragt der Mann.

Gedämpftes Autorauschen fällt in graugestreiften Bahnen über die Fenster. Einen Moment lang füllt eine andere Leinwand den Bildschirm aus, kleiner als der Waldausschnitt und stattdessen mit einem Blumenmotiv, eine Nahaufnahme weißer Kirschblüten. Dann wieder das rosige Gesicht von Doktor Nurnus.

„Wie geht es Alma und Yaela?"

Das allgemeine Emotions-Modell, lese ich auf einem Flipchart in der Ecke. Ich fische andere Worte heraus: Interpretation, Bewertung, Auslöser, Gedanken, Körperreaktion, Wahrnehmung. Mit jedem Detail, das sich mir ungefragt aufdrängt, nimmt mein Unbehagen zu.

„Alma hat gesagt, ich bin ein Einhorn. Und dass phantasielose Menschen Einhörner verscheuchen", antworte ich ein wenig kurzatmig und klappe den Laptop rasch zu, bevor er mir noch einmal das Bild vom Ahornwald zeigen kann.

Noch nie zuvor habe ich in einem derart aufgewühlten Zustand zu malen begonnen. Der Pinsel, kalt und poliert, mit seiner Holzmaserung, zittert in meiner Hand. Mit hektischen Bewegungen beginne ich das Bild vom Vortag zu übermalen. Die hellgrünen Blätter und das in Fontänen hervorsickernde Tageslicht verschwinden zwischen fauligen Klecksen und modrigen Spritzern. Wie scharfe Messer dringen die neuen Färbungen in den Wald ein, usurpieren ihn mit der unsäglichen Macht, die der Gegenwart gegenüber der Vergangenheit innewohnt.

Heute und gestern. Zwei Erfahrungen, so ungleich wie sie nur sein können. Und doch haben beide mit mir zu tun; und ich muss sie irgendwie in meinem Kopf vereinen, wenn ich meine psychische Integrität erhalten will.

Also kleistere ich sie übereinander. Schichten aus Geschichten, die mein Leben formen. Die Summe der Teile ergibt eben doch das Ganze. Mehr ist es nicht. Ein Palimpsest aus Wörtern.

Doch der Wald will nicht verschwinden. Er schimmert durch die frisch glänzenden Farblagen und beobachtet mich hämisch von seinem fadenscheinigen Versteck aus. Anders muss ich ihm zu Leibe rücken, weniger grob und oberflächlich. Die Ratio muss ihn langsam von innen heraus auffressen, die linke über die rechte Gehirnhälfte siegen.

Fiebrig beginne ich zu mischen. Malen unterscheidet sich vom weißen Licht, das alle Farben rein in sich vereint. Wenn Malfarben zusammengefügt werden – Karminrot, Mahagonibraun, Kobalt- und Ultramarinblau, Titanweiß, Ockergelb – neutralisieren sie sich nicht, sondern ergeben einen unterschiedslosen Brei. Lässt man sie trocknen, dunkeln sie noch um ein paar Tonstufen nach. Wenn man zu viele Welten übereinanderlegt, erhält man kein Weiß, sondern nur bodenlose Dunkelheit…

Ich mische und mische, und schließlich fängt meine Hand an, dem Waldboden Leben einzuhauchen. Lose schwarze Adern kriechen aus der Erde wie grunzende Schleimpilze und greifen nach den Wurzeln der Bäume, dringen an den empfindlichsten Stellen unter ihre Rinden und färben sie von innen dunkelrot. Begraben sie unter Wolken bitterer Sporen.

Ich halte den Pinsel nun mit mehr Ruhe, er wackelt kaum noch. Langsam beginnen die kraftvollen Stämme zu verwesen. Jahresringe brechen ein und verrotten, Zellwände lösen sich auf. Die Ahornbäume triefen von einem ätzenden Saft, den ein schmutziger innerer Quell speist.

Dann stirbt Rosa, unerwartet. Die Guanchamánes-Verbindung löst sich auf; ein Hotel zieht in die Villa ein. Der Traum wird zu etwas, das in Vergessenheit gerät. Inzwischen reagieren die meisten der acht gereizt auf das Thema.

„Hör endlich auf, immer wieder mit diesem Traum anzufangen“, fährt Isabel mich an. „Er ist ein Hirngespinst unserer Jugend.“

Ihre harten Worte lassen mich zurückschrecken und ich muss mich abwenden, um meine Tränen zu verbergen. Ich weiß nicht, wann und auf welcher Ebene ich begonnen habe, den Entschluss zu fassen, dass ich ihre Entscheidung respektieren werde.

Und doch lässt er mich nicht in Frieden, dieser wiederkehrende, verstörende Gedanke, dass sich irgendwo, in schreiender Unerreichbarkeit, unsere acht Körper noch immer auf Krankenhausbetten im Kellerraum einer Villa befinden. Träumend. An Monitore angeschlossen. Möglicherweise alternd. Der Gedanke, dass es den Forschern nicht gelingt, uns aufzuwecken und wieder heraufzuholen. Dass unsere Pupillen groß und leer im hellen Kreis ihrer nach Bewusstsein suchenden Taschenlampen daliegen. Es könnte eine Falle gewesen sein und unwiderruflich. Ein unverzeihbarer Fehler.

Möchte ich diesem Ort überhaupt trauen? Stößt er uns nicht ab wie ein größerer Organismus feindliche Bakterien? Gleichen wir, die Träumenden, nicht längst wuchernden Tumoren, die sich vom Lebenssaft dieser Welt ernähren? Wir glauben, unsere alten Plätze eingenommen zu haben, haben uns selbstgerecht wiedereingefügt in das alte soziale Netz – man hat uns wiedererkannt und der Wunsch, sich nicht mehr wie schmarotzende Fremdkörper, wie heimatlose, verlorene Seelen zu fühlen, hat unseren Verstand benebelt.

Wir haben begonnen zu vergessen und jedes Erinnern für verrückt zu erklären. Jegliche Gefahr für unsere neue Identität mit Hass abzublocken.

Wir werden bleiben. Familien gründen. Älter werden. Was stand auf dem Schild in den Hügeln geschrieben? Warum sind die Hügel von Jahr zu Jahr mehr mit einer subtilen Angst behaftet; weshalb wagt sich keiner von uns je an den Ursprungsort zurück?

Also mache ich mich allein auf den Weg. Vorbei an den Hundezwingern und den im Hügelschatten klebenden Ziegen und Farmern, weiter in die Stille des Windes. Aus meinem Rücken steigen der Ozean und das Tal mit seinen bunten Dächern auf. Es beginnt heftig zu regnen. Über dem Hügelkamm fliegt ein dunkler Vogel. Ist es derselbe wie damals? Natürlich muss ich mir diese Frage stellen.

Durch den Regen rennend, ducke ich mich hinter die windgeschützte Seite des Kamms. Meine rechte Gesichtshälfte wird nass und eiskalt, während die linke heiß glüht. Wenn ich den Blick hebe, zerfasern Himmel und Meer in einem dumpfen Licht, wie zwei graue Stoffe, die von einer horizontalen Naht zusammengehalten werden.

Und dann stehe ich vor dem Schild, im letzten verbleibenden Tageslicht, und lese die Aufschrift – fahre mit den Augen über die gewöhnlichen lateinischen Buchstaben, die kein außerirdisches Gekritzel mehr sind, sondern sich zu einer mir von Natur aus verständlichen Sprache zusammenfügen: „Erinnern", steht da. Wir müssen uns erinnern…

Doch bevor ich das Ausmaß des Gedankens erfassen kann, bevor ich mir überlegen kann, wie ich es den anderen begreiflich machen und sie davon überzeigen will, dass unsere Erinnerung den Schlüssel zum Ausgang aus dem Irrgarten darstellt, erfasst mich ein abgrundtiefes Fallen, eine namenlose, überwältigende Dunkelheit und Kälte. Mein Kopf und meine Augen werden leer. Blaue Schlieren und Muster entstehen, nähern sich und dehnen sich langsam rotierend aus. Wie in einem Kaleidoskop fallen symmetrische Kristalle, weiß und schieferfarben, übereinander, ordnen sich kreisförmig um ein lichtloses Zentrum, dem sie entsteigen und in das sie verschwinden. Grelle Schneeverwehungen tauchen auf. Rätselhafte Strukturen in jahrtausendealtem Gletschereis, in dessen Tiefen ein klirrendes Licht dröhnt. Als sich die Ornamente von mir entfernen, treibe auch ich von ihnen fort. Im Mittelpunkt bleibt der unbewegte, schwarze Kreis zurück, der die blauen Verästelungen beharrlich in seine Finsternis zieht.

Dem Rankenwerk wachsen dunkle Flügel. Die blau gemusterte Scheibe treibt in einem Becken aus körniger Milch, aus dem schwarze Federbüschel hervorstoßen. Wurzeln stecken in einer geriffelten Schlangenhaut, die sich wie ein weit gespanntes Tuch in alle Himmelsrichtungen ausbreitet, Hügel und Falten auf einer beigefarbenen Dünenlandschaft schlägt.

Ich blicke in ein Gesicht. Den gesamten Horizont nimmt es ein, mein ganzes Blickfeld. Der Mund steht leicht offen, und bunt schillernde Blasen lösen sich von den Lippen wie feine Knospen.

Es ist Yaelas Gesicht. Ihr wahres, ihr Wesensgesicht. Und ihr wahres Wesensgesicht blickt zurück, erkennt mich. Doch ertrinkt sie nicht wie ich damals im Meer. Sie ist hier zuhause, und das grüntönende Wasser macht ihr nichts aus. Sie atmet über andere Wege.

Der fortwährende Blasenstrom, der ihrem Mund entschlüpft, funkelt in seinem hellen Kern wie Regenbögen. Jedes Mal, wenn sich eine Blase von ihren Lippen löst und aufplatzt, quillt eine flüsternde Melodie hervor, Worte in einer anderen Sprache, die ich einmal beherrscht und wieder vergessen habe, bis ich plötzlich merke, als hätte sich unvermutet eine Tür geöffnet, dass ich sie noch immer verstehe.

Als die nächste Blase zerplatzt und die Worte hervorpulsieren, offenbaren sie einen Teil ihres Geheimnisses:

„Das Herz aus Dunkelheit pocht. Es schleicht um dämmrige Traumbilder und lauert an den Säumen der Nacht, wo Blumen aus Adern sprießen – glänzende Ranken aus strahlendem Rot, an deren pelziger Haut weinfarbene Blätter austreiben und knittrige Blütenköpfe aufknospen, um sich rosenfrisch zu entfalten."

Im nächsten Moment löst die Blase sich auf und wird wieder eins mit ihrer Umgebung. Zeitgleich ebbt auch die Stimme ab. Doch eine andere hat sich nun leicht versetzt geöffnet und ein neuerliches Flüstern verbindet sich mit den letzten Sätzen der vorherigen zu einer entrückten Melodie:

„Das Blumenherz schlägt in einem anderen Rhythmus als das physische, pumpende Blutherz. Das rosige Herz klopft in einem Takt von ziehenden Wolken, von rätselhaften und abgründigen Gefühlen – zu gefährlichen und lieber unausgesprochenen, geleugneten Antworten. Angst hat es, dieses wilde singende Organ, eine große Furcht vor sich selbst, denn es kann seine eigene zerstörerische und schöpferische Kraft erahnen wie eine unheilvolle Prophezeiung."

Diese wundersamen Sätze gleichen Blütenköpfen, die plötzlich aufspringen und ihre Saat in den Wind freilassen.

„Etwas explodiert im Innern der kreiselnden Planeten", tönen die Regenbögen, „wenn dieses andere Herz zum Leben erwacht – ein Gefühl von Wildblumen und vielen Schmetterlingen. Von Sonnenstrahlen und frischem Gras – es ist der Schrei des Lebens in einem feindlichen Universum des Verstandes, Glück und vernichtende Sehnsucht zur selben Zeit. Sie alle fliegen, springen und rennen durch die weiten Hallen des Weltenkörpers, fließen schäumend und brausend durch seine geweiteten Gefäße. Das Skelett, die Haut, die Sehnen und Bänder müssen all diese tosenden Farben und Töne zusammenhalten und verhindern, dass sie ungebändigt auseinanderrasen. Damit der Körper nicht aufplatzt wie eine reife Mango und die Wahrheit in einem regenbogenspritzenden Schwall unter die Sonne gleißt."

Mir ist jetzt, als senke sich eine dumpfe Müdigkeit über mich. Ein Ziehen zugleich aus weiter Ferne. Angestrengt lausche ich dem Strom der Worte, die mich gleichzeitig wachrütteln und einlullen.

„Die Wahrheit besitzt die Macht, alles Seiende einzureißen und ganze Welten triefend vor Neuheit aus der fruchtbaren Erde zu stemmen. Sie schlummert zwischen haarigen Wurzelfingern, ganz nah unter der Erde, flach atmend, damit sich die Oberfläche nicht kräuselt."

Nicht einschlafen. Noch alles erfahren.

„Das Mitternachtsherz schläft. Es träumt jetzt. Es vereinigt sich mit dem Leben, das als zischender Falke Blicklinien durch den Himmel zieht. Dieser Himmel, er ist zerwühlt. Er hat Fragen aus beißendem Asphalt. Aber wir hören nicht auf ihn. Da fliegen Wolken ineinander, bilden Furchen aus Schatten und lichtvolle Täler wie das Faltenmeer in einer ungemachten Bettdecke."

SYNAPSEN

Mit dem nächsten Ruck sind alle Geräusche und Farben aus der Welt verschwunden. Der Widerhall von Baby Moons Energie, der mit Falterflügeln über meine Seele gestrichen war, ist verklungen.

So finde ich mich in der bleichen Begrenztheit meines Körpers wieder, in seiner festen, materiellen Enge, die mich entsetzt. Ich brauche die Augen nicht aufzuschlagen, um zu wissen, dass ich nicht mehr *dort* bin. Nicht mehr bei ihr. Das Vakuum ihrer Nichtexistenz dröhnt metallisch durch den Kellerraum.

Ich glaube, weiße Fäden ziehen sich wie ein flimmerndes Spinnennetz durch mein Dasein. Meine erste Reaktion darauf, zu existieren, war ein neuschneeweißes Kreischen, das mich in der Mitte zerriss. War es purer Instinkt oder bloß die Qual angesichts der Kälte, der Verlassenheit und Nacktheit, die plötzlich von mir Besitz ergriffen? Verbargen sich in jenem initialen Schrei bereits alle vorausliegenden Momente meines Zerbrechens, die sich wie eine endlose Perlenkette durch Zeit und Raum aneinanderknüpften, Momente des lautlosen Fallens, einer in Traurigkeit, in Hass oder – was am schlimmsten war – in Leere zutage tretenden Abgründigkeit? Der verästelte Schrei als das verbindende Element meiner losen Existenz hält diese wie ein Gerüst zusammen, und in ihr zeichnen sich bei Nacht die Lichtvenen als schimmerndes Skelett ab.

Dann die zeitweilige Ermattung des Schmerzes, das Durchblinzeln der Farben zwischen den Ästen und Wolken. Momente des Aufatmens und Auftauchens, die sich in die Mulden neben den Adern aus abgründigem Weiß betten.

Mein Zwerchfell macht einen ungläubigen Stoß vorwärts, schwemmt mich ans schroffe Festland des Denkens zurück, vor dem der junge Morgen eines neuen Lebens graut. Jemand spricht wiederholt meinen Namen aus. Ich bin zurückgefallen in meine eigenen Regeln und Grenzen. Nur das Blumenherz pocht, als wüsste es allein noch, was möglich ist.

„Aziza." In Rosas Stimme schwingt der Nachdruck einer mehrfachen Wiederholung mit. „Aziza, kannst du mich hören?"

Wovon hat Yaela gesprochen? Jedes einzelne Wort war mir eben noch so verständlich gewesen. Doch nun will es mir nicht mehr einfallen; es gelingt mir nicht, die Bedeutung zurück in meine eigene Sprache zu übersetzen.

„Aziza, alles ist in Ordnung. Du bist jetzt in Sicherheit."

Ich mache Anstalten, mich von Rosa wegzudrehen, entwinde mich ihren rauen Händen und will wieder einschlafen, doch mein Geist ist bereits zu weit in die Realität hineingedriftet.

„Ich muss mich erinnern", murmele ich.

Ich war mir so sicher gewesen, den Sinn von Yaelas Botschaften mit hinüberretten zu können. Doch nun ist er mir entglitten. Zurückgeblieben ist ein Gewirr aus kryptischen Symbolen, die mir nichts mehr sagen. Die Regenbogenzeichen haben aufgehört zu mir zu sprechen.

Schwindel ergreift mich, als ich mich mühsam auf der Liege aufrichte und die Füße auf dem Boden abstelle. Ich befinde mich wieder hier, in dem Raum mit den kahlen Wänden, wo noch immer sieben in komatösen Schlaf versetzte, reglose Körper in Krankenhausbetten ruhen, während empfindliche Elektroden ihren Hirnströmen nachspüren, nach den feinsten Impulsen, die ihre Synapsen aussenden, tasten, sie lesen und in voyeuristisches Bildmaterial umschreiben.

Die jungen Körper schlafen, so fest, als wären sie bereits tot. Nur das langsame Heben und Senken ihrer Brustkörbe verrät, dass es sich nicht längst um Leichname handelt. Die Szene erinnert an ein unterirdisches Labor, in dem ein Wahnsinniger Menschenexperimente durchführt.

Beim Anblick von Lázaros großem, kantigem Kopf unter dem Wust von Drähten und Kabeln krampft sich etwas Hartes in meiner Brust zusammen. Der Anblick ist so falsch und verdreht – alles in mir wehrt sich dagegen und schreit, dass es nicht richtig ist. Doch ich kann nichts tun.

Er liegt neben mir wie ein todkranker Patient auf dem Sterbebett. Die zuckenden Kuppeln seiner Augäpfel wölben sich anklagend hervor, seine Wimpern flattern über die Haut seiner Wangen, die ungesund blass glänzen. Seine schmalen Lippen stehen leicht offen. Wie zwei erschrockene kleine Kaninchen schauen seine Schneidezähne aus ihnen hervor. Ich will zu seiner schutzlosen Hülle stürzen, will die Elektroden, die in seinen persönlichsten Gedanken wühlen, von seiner Stirn reißen und ihn wachrütteln.

Doch um eine reibungslose Rückkehr seines Bewusstseins zu gewährleisten, muss er von selbst aufwachen. Der Vorgang darf nicht unterbrochen werden. In diesem Zimmer ist jeder auf sich alleingestellt und kann nur aus eigener Kraft aus den Tiefen der Traumwelt heimfinden.

„Wo ist der Computer, der unsere Gedanken aufzeichnet?“, frage ich und nehme widerwillig das Wasserglas entgegen, das Rosa mir hinhält. Erst als ich es an den Mund führe und schlucke, antwortet sie mir.

„Der Monitorraum ist nebenan.“

„Ich muss sehen, was mit den anderen passiert.“

Sie erhebt sich seufzend aus ihrem Stuhl und legt Bleistift und Notizbuch zur Seite.

„Na schön. Wenn es dich nicht zu sehr anstrengt, kannst du dir den Rest des Spiels dort ansehen.“ Sie mustert mich weiterhin misstrauisch. „Es wäre allerdings besser, wenn du dich noch ein wenig ausruhen würdest. Das Spiel stellt eine nicht zu unterschätzende psychische und physische Belastung für jeden Teilnehmenden dar, insbesondere, wenn die Person noch nie zuvor angeschlossen war.“

„Ich muss es sehen“, wiederhole ich.

Ich stehe auf, mein Herz klopft und kurz wird mir schwarz vor Augen. Doch ich fange mich. Mit einem knappen Nicken wendet Rosa sich zur Tür und drückt die Klinke herunter.

Bevor ich ihr folge, werfe ich noch einen letzten Blick auf die wehrlos daliegenden Körper. Das Wunder ihrer Lebendigkeit wird mir blank und unverhüllt bewusst. Das tiefe Gefühl, diese verwirrende Empfindung, zwingt mich beinahe in die Knie.

Der Monitorraum, in den Rosa mich führt, ist kleiner als das Schlaflabor. Computer und blinkende Maschinen verstärken den Eindruck von Enge, ebenso wie die Personen in Anzügen und Blusen, die sich darin drängen. Acht Monitore hängen an der Wand. Nur einer ist ausgeschaltet. Die sieben anderen zeigen verwackelte Bilder. Als wir eintreten, drehen sich sämtliche Köpfe zu uns um und es wird gespenstisch still.

Die meisten Blicke sind mitleidig und herablassend. Eine Frau hat etwas Schlangenhaftes in ihren rattenförmig geschwungenen Augen; Boshaftigkeit und eine unterdrückte Belustigung in einem umschlungenen Tanz. Ihre Mundwinkel zucken auf und ab, als zögen unsichtbare, miteinander im Streit stehende Kräfte an den Enden ihrer Lippen.

Meine erste Vermutung ist, dass sie eine reiche Spenderin ist, die das Projekt sponsort. Gleich darauf frage ich mich, ob wir Träumenden bloß Produkte sind, an denen einige Reiche ihren Spaß haben. Die dafür bezahlen, dass sie die Traumspiele mitansehen und ihren Verlauf zu einem gewissen Grad mitbestimmen dürfen. All das berührt mich jedoch nur oberflächlich.

Warum habe ich nicht versucht, mit Yaela zu sprechen? Wie konnte der Moment vorbeiziehen, ohne dass ich etwas zu ihr gesagt habe? Ihre Worte wiederholen sich in meinem Kopf und quälen mich, weil mir ihr Sinn verschlossen bleibt. Dämmrige Trugbilder. Eine Wahrheit. Was hat all das zu bedeuten? Der höhnische Blick der Frau scheint meinen Schmerz zu verstehen und in unserem Kummer werden wir plötzlich gleich.

„Ich will das nicht sehen", bringe ich hervor. Dann halte ich es nicht länger aus und stürme aus dem Raum. Ich weiß, was zu tun ist. Ich werde Wache halten, bis jeder einzelne Guanchamánes-Schüler heil zurückgekehrt ist. Ich werde bei ihnen sitzen und ihre leblosen Hände halten. Mich nicht vom Fleck rühren, bis sie mir wieder in die Augen schauen.

DIE ROTE QUALLE

In der Natur sollen sich die Traumrückkehrer von den Strapazen erholen. Wir leben am Strand in Hütten und Zelten aus Palmen, deren Böden Muscheln zieren. Von den Blätterdächern hängt unsere trocknende Kleidung. Mit Stöcken, die wir mit Hühnerfleisch umwickeln, fischen wir kleine weiße Geister aus der See, Oktopusse, die wir roh verspeisen.

Sie seien mir in die Hügel gefolgt, berichten die anderen, hätten das Schild entdeckt und seien zurückgekehrt, wie ich. Alle wirken unversehrt. Physisch und weitestgehend auch psychisch. Alle, bis auf einen. Caméon hat seit der Rückkehr in seinen Körper keinen Ton mehr gesprochen. Sabbernd hängt er in einem Stuhl und starrt ins Meer, die Augen matt und ausdruckslos.

„Er wollte nicht mitkommen", sagt Isabel mit Tränen in den Augen. „Alle anderen waren bereits in die Hügel gegangen und nicht wiedergekommen. Er sagte, er wolle sich nicht länger mit all dem beschäftigen. Endlich ein neues Leben anfangen. Was, wenn sein Bewusstsein nie den Ausgang gefunden hat?"

Während einer Bootstour beobachten wir Delfine. Wir fahren am felsigen Ufer entlang und in eine Grotte hinein. An den Klippen hängen Adlerhorste und viele Krabben. Seit vierzehn Monaten habe es auf der Insel nicht mehr geregnet, erzählen sie uns.

Beim Tauchen in der Nähe der Klippe beobachte ich eine rote Qualle, die Eleonora kurz darauf einen Stich versetzt. Viele Tage fühle ich mich deswegen schuldig, obwohl der Stich keine größeren Nachwirkungen zeigt. Allein gehe ich zum Strand und klettere über eine Felsenzunge von Stein zu Stein ins Meer. Die kleineren Felsen bedeckt ein weicher Algenteppich und Fische tummeln sich in ihren meergefüllten Becken. Ich glaube, ich bin auf der Suche nach einer Antwort.

Es ist Ebbe und die Fische haben zu dieser Tageszeit keine Verbindung zum offenen Wasser. Winzige Krabben tuscheln und anderes, das beim Näherkommen hastig in den Spalten verschwindet. An einer Stelle klickt und knistert es und erweckt den Anschein, als rollten dort viele winzige Steine übereinander. Erst beim Nähertreten erkenne ich, dass es Schneckenhäuser sind, in denen sich Einsiedlerkrebse verbergen.

Ich werfe einen schönen hellen und gesprenkelten eiförmigen Stein in ein besonders großes Becken. Die glatte Oberfläche bricht ein und Kreise dehnen sich zitternd aus. Dann komme ich an ein noch tieferes Loch. Unter Wasser ist es durch einen Lavatunnel mit dem anderen verbunden. In Felsspalten hocken Seeigel und knabbern an den salzigen Wänden. Sie erinnern mich an träumende Meerjungfrauen.

Am Horizont dringt die Sonne ins Meer ein. Doch ihre Wärme erreicht mich nicht. Also laufe ich weiter auf sie zu, bis zu einem Felsen, der sich weit draußen befindet und nur noch gerade so vor den Wellenspritzern geschützt liegt. Es ist ein beschwerlicher Pfad über aus dem Wasser ragende Steine, der mich zu ihm führt, doch am Ende bin ich angekommen.

Mal stehend und mal sitzend beobachte ich das schäumende Wasser. Ein mulmiges Gefühl macht sich in mir breit beim Anblick der rollenden Massen, die sich krachend über große Felsen stülpen und in die Zwischenräume sprudeln. Als plötzlich die Wellen riesig werden – größer als ich – und ich beim Umblicken feststelle, dass das Wasser angestiegen ist und ich nicht mehr alle Steine für den Rückweg erkennen kann, spüre ich eine wohltuende Panik aufsteigen.

Das große Becken, das eben noch auf jeder Seite einen Rand hatte, hat nun an einer Stelle eine Verbindung zum Ozean und wird von einer steten Quelle gespeist. Mit jedem Brecher drückt sich ein neuer gewaltiger Schwall hinein und lässt den Wasserspiegel ansteigen. Ich zwinge mich, den Blick von ihnen zu lösen und aufzustehen. Mit den Schuhen trete ich ins Wasser, um die verbleibenden Trittstellen zu erreichen. Meine Jeans wird bis zu den Knien nass. Mit klopfendem Herzen und auf wackligen Beinen laufe ich im Dämmerlicht über die Felsen zurück zum Strand.

„Auf dem Rückweg aus dem Labyrinth scheinst du in ein Wurmloch gefallen zu sein“, sagt Lázaro, als ich ihm von meiner Begegnung mit Yaela erzähle. „Es klingt fast nach einer Nahtoderfahrung.“

„Ja, vielleicht. Als gäbe es da einen Tunnel, der die Welten verbindet."

„Durch ihn bist du in eine Art Zwischenwelt gelangt."

„Es muss einen Trick geben, wie man diesen Zustand hervorrufen kann. Warum hattet ihr anderen keine Vision und nur ich? Wie habe ich dieses Tor aufgestoßen?"

„Vielleicht hat dein Unterbewusstes dich zu deiner Schwester geführt. Weißt du noch, einmal hast du mir erzählt, dass du von ihr träumst, seit du denken kannst... Es gibt eigentlich nichts in deinem Leben, das dich stärker geprägt hat als sie, beziehungsweise, als ihre Abwesenheit. Warum solltest du in einem solchen Moment nicht an sie denken?"

„Láz – was, wenn wir zusammen durch das Wurmloch reisen könnten? Wo würden wir landen? Ginge das überhaupt?"

„Wenn wir Glück haben, werden wir das niemals herausfinden."

„Wenn man in einem Traumspiel stirbt, bleibt man dann für immer gefangen?"

„Keine Ahnung. Ich möchte es jedenfalls nicht ausprobieren."

„Mir hat die Zwischenwelt gefallen. Weil Yaela da war. So vieles wollte ich sie noch fragen."

Leben mit dem Monster, das Wahrheit heißt.

Wir müssen uns noch einmal verlieren, um mit uns leben zu können. Wer denkt diesen Gedanken? Vielleicht ist es das Nichts, das ihn wartend denkt, das Schweben der Unberührbaren zwischen den Schlössern der unbegreiflichen Tänze.

Und wie tief sollen wir einsinken in die Ungewissheit, in die gleißenden Sonnen der grenzenlosesten, der echtesten Freiheit – bloße Erinnerung? Der Versuch, es zu wiederholen? Oder etwas ganz Neues erschaffen?

Als ich wieder aus den Erinnerungen auftauche, kenne ich die Antwort.

Wir müssen zurückkehren und Caméons Bewusstsein finden.

DER WAHRSAGER

Licht sticht mir in die Augäpfel, als ich blinzelnd meine Lider öffne. Wie aufgeschreckte Insekten stieben Vogelschwärme auseinander und explodieren zu schwarzen Funken; ein dumpfes Rauschen wie von einer starkbefahrenen Straße zieht sich durch die schreiend kalte Luft. In der Ferne ertönt Sirenengeheul.

Aus dem blind machenden Himmel taumeln ein paar Schneeflocken verloren zu Boden, hin und her gerissen landen sie auf meinem Gesicht oder schmelzen in der Luft darüber. Der Wind in meinen Ohrmuscheln murmelt mir zu, dass ich angekommen bin.

Ich drehe den Kopf zur Seite und erblicke Häuser und ummauerte Vorgärten, dicke Schneeklumpen auf Rüsseln von Marmorelefanten, Steinlöwen mit weißen Hüten. Sämtliche Dächer und Gärten liegen unter einer hohen weißen Schicht begraben. Auf der anderen Straßenseite erhebt sich eine Böschung mit Nadelbäumen, an deren Rinden sich Pulsadern aus vertrocknetem Efeu emporranken.

Auf dem freigeschaufelten und mit groben Salzkörnern bestreuten Gehweg liege ich. An mir herabblickend erkenne ich, dass ich einen gefütterten Wintermantel trage, viel zu weite Jeans und klobige Männerschuhe mit dickem Profil. Während ich die Einzelheiten meiner Umgebung in mich aufnehme wie ein trockener Schwamm, mobilisiere ich meinen Kreislauf, rappele mich auf und atme tief durch. Die Kapuze ziehe ich mir so tief wie nur möglich ins Gesicht, schnalle den an der Hose befestigten Gürtel fester und komme wackelnd zum Stehen.

Eine ältere Frau, die offenbar ihren Hund spazieren führt, kommt vorbei, und der Gedanke *Sie ist nicht echt* zieht eine Spur aus Schneckenschleim durch mein

Gehirn. Nachdem sie sich ein Stück entfernt hat, beginne ich die Böschung hochzusteigen. Der Schnee verleiht dem Astwerk Konturen, als hätte jemand seine eigensinnigen Formen mit kühler Fingerspitze nachgefahren.

Auf der Straße hinter dem Hügel zischen Autoreifen und lassen klebrigen Matsch aufspritzen. Über knorpeligen Schneehaufen säumen Geschäfte die Straße: Eine Tankstelle, ein Donut-Laden und ein Straßenschild, das sagt: ONE WAY. Verloren stehe ich da und starre auf den Dampf, der aus Kanalschächten zuckt und schon im nächsten Moment vom unruhigen Wind wie ein willenloser Geist erfasst und zerfetzt wird.

Mehrere Stunden laufe ich so durch fremde Straßen, ziellos und ohne einem anderen Guanchamánes-Schüler zu begegnen. Himmel und Erde bilden eine graue Einheit. Wenn nötig, wird Rosa unsere Wege zusammenführen, wie ein Spinnenzüchter, der eine Maus ins Terrarium setzt und mit einem Stock sanft in Richtung der Tarantel lenkt. Der Spinnenzüchter filmt das Ganze und wird es später hochladen: *Mouse vs. Spider*. Und Menschen werden es sich in Nächten, in denen sie nicht schlafen können oder die Leere ihnen unerträglich wird, ansehen. Demnach müssten unsere Sponsoren, die gaffenden Menschen in den Monitorräumen, eine sehr große Leere in sich verspüren, nachts wie am Tag.

Schließlich erreiche ich einen Park. Der einzige Gehweg ist eine Schneise aus hüfthoch aufgeschüttetem Schnee. Als ich mich der Mitte nähere, biegt einige hundert Meter vor mir ein Auto in die Schneise ein. Ich erschaudere – ein in den Park einfahrendes Auto ist ungewöhnlich. Über den schlängelnd verlaufenden Weg kommt es langsam näher.

Mit einem Mal fühlen sich meine Arme so schwer an, als würde ich eine zementbeladene Schubkarre in beiden Händen halten. Ich merke, dass mein Bewusstsein nicht mehr allein ist. Während sich das Fahrzeug im Schritttempo nähert, versuche ich, den Schatten meiner

Kapuze nicht zu verlassen. Ich kann förmlich spüren, wie die Spinne ihre Muskeln strafft und sich zitternd vor Gier zum Angriff bereit macht. Als der Wagen mich passiert, halte ich den Atem an. Der Karren mit dem Zementsack kippt zur Seite, als ich ihn gegen den Schneehügel drücke, um auszuweichen. Den Zement habe ich gegen etwas Schnaps aus der Brennerei meines Onkels eingetauscht, da die Vorderfront unseres Hauses repariert werden musste.

Im Auto sitzt Eleonora. Als hätte sie mich nicht gesehen, fährt sie an mir vorbei. Dabei blickt sie mir in die Augen, mit einem eigentümlichen Ausdruck der Verwunderung. Unmöglich, dass sie mich nicht bemerkt hat.

Das Herz rutscht mir in die Hose, als ich höre, wie das Auto hinter mir knirschend zum Stehen kommt, eine Tür geöffnet und wütend zugeschlagen wird. Die Griffe des Karrens mit beiden Händen umklammernd, drehe ich mich um und sehe einen aufgebrachten französischen Offizier auf mich zukommen.

Einer Eingebung folgend rufe ich ihm zu: „Que voulez-vous que je fasse, Monsieur? Je suis pas un athlète!“

Daraufhin geht eine Veränderung mit dem Offizier vor sich. Wie versteinert bleibt er stehen, dreht sich nach kurzem Zögern um und steigt zurück in den Wagen. Er sagt nichts, brüllt nicht und rührt mich nicht an, sondern fährt einfach mit den anderen Soldaten davon.

Im Geiste danke ich Pierre. In Gesprächen mit ihm habe ich damals meine Französischkenntnisse aufbessern können. Ich muss den Satz immerhin so gut ausgesprochen haben, dass es mir den Respekt des Offiziers einbrachte und er mich in Ruhe ließ.

Zwischen zwei Wohnhäusern fällt mein Blick in einen verschneiten Hintergarten, aus dem ein großer, fächerförmiger Baum ragt. Die Verästelungen seiner Zweige ähneln Blutgefäßen. Anstatt als einheitliche Krone zu wogen, schwankt jeder Ast in einem eigenen Rhythmus. Jeder einzelne ist ein kreiselnder Strudel im blassen Windmeer.

Ohne lange zu überlegen, betrete ich den von Schnee befreiten Weg, der in den Garten führt. An der Seite des Hauses führt eine Treppe hinunter in einen Keller. Die Tür ist angelehnt, davor liegt ungefähr ein Dutzend Schuhpaare. Also streife auch ich meine schweren Schuhe ab, bevor ich eintrete.

Drinnen treffen meine Füße auf einen Teppich mit dunkelgrünen, roten und braungelben Säulenmustern. Den Räumen haftet etwas von Irrsinn an. Ich schlage einen weißen Vorhang zur Seite, der das Zimmer quer verhängt, und stehe plötzlich vor einer blauen Tür.

Der Raum dahinter ist lang und schmal. Gedämpfte Stimmen und kopfschmerzblasses Tageslicht dringen durch ein Fenster gegenüber der Eingangstür herein. Ein muffiges Aroma von ungewaschenen Laken hängt in den Ecken wie Spinnweben, doch ich empfinde den Geruch nicht als unangenehm, vielmehr löst er etwas von der Anspannung, die bis dahin unstet durch mein Inneres pulsiert ist.

„Salam aleikum“, sagt jemand, und die Stimme lenkt meine Aufmerksamkeit zu einem Bett, auf dem mit gefalteten Beinen ein älterer Mann sitzt. Sein in beigefarbene Leinen gekleideter Körper quillt weich und in teighaften Kaskaden an ihm herab und sammelt sich, wie in einem Becken, über seinen nackten Füßen. Auf einer Bank vor ihm sitzen, in freudigem Erstaunen, Lázaro und Caméon.

„Aziza!“, ruft Caméon.

„Wie hast du uns gefunden?“, fragt Lázaro.

„Ich weiß es nicht. Ich bin zufällig hier vorbeigekommen. Aber wahrscheinlich ist es auch albern, in einem Traum von Zufällen zu sprechen.“

„Trotzdem verwunderlich, dass wir alle drei hier gelandet sind“, sagt Caméon. „Der Herr ist im Übrigen ein Wahrsager.“

Der Wahrsager bittet mich, ganz einzutreten, woraufhin ich mich an einem Schrank vorbeidrücke, an Rollen mit arabischen Schriftzeichen und gerahmten Drucken farbiger Landschaften, die die Wände zieren. Auf sein Geheiß nehme ich auf der Sitzbank vor ihm und neben den beiden anderen Platz.

Zwischen uns und dem Mann befindet sich eine hölzerne, mit dem Bett verbundene Ablage. Darauf liegen ein Schreibheft und ein glänzender Kugelschreiber. Ich blicke nach oben und sehe eine Zimmerdecke mit breiter Einfassung, die eine weiter in die Tiefe gehende Fläche umschließt. Leuchtende Blau- und Grüntöne fließen dort ineinander, und wellenförmige Pinselstriche lassen mich an karibisches Seewasser in der Sonne denken.

„Ziza, gib ihm deine rechte Hand", raunt Caméon mir zu. Gehorsam lege ich sie auf die Holzplatte. Der Mann streicht wortlos mit dem Kugelschreiber dreimal über meinen Zeige-, Mittel- und Ringfinger. Der kühle Metallmund des Kulis kitzelt auf der Oberseite meiner Hand. Dann setzt er den Stift in der Mitte seines aufgeschlagenen Hefts an und schreibt unter einer Menge gleichförmiger schmaler Zeilen weiter.

Während er den Stift wellenartig fahren lässt, sind seine freudlosen Augen auf nichts Bestimmtes gerichtet. An der rechten Seite des Blattes ziehen sich die Schriftzeichen als dünne Spalte von oben herunter. Die Schrift scheint weder semantische noch syntaktische Bedeutung zu haben. Sie ist ein Ritual. Die Augenpartie des Mannes umgibt etwas Missgestimmtes, Grimmiges, als er zu sprechen beginnt.

„Die goldene Freude und die nagende Angst in euch sind ein und dasselbe Gefühl in verschiedenen Erscheinungen. Es ist Lebensenergie, die eure Schultern herabrinnt. Fürchtet sie nicht. Sie ist ein Zittern, das eure Seelen befallen hat."

Seine Art zu sprechen ist fließend wie sein Rumpf, schlürfend und glucksend und doch schwerfällig, ein milder Speichelüberfluss. Flüssig gewordene Sätze werden von ihm als mundwarmer Brei ausgehaucht.

„Wenn man über Jahre hinweg die Hand um ein lebensnotwendiges Floß geklammert hält, kann es sein, dass sich, selbst wenn man schon wieder an Land ist und das Floß längst nicht mehr da, die Hand noch immer in diesem krampfhaften Klammergriff befindet." Er sagt es so dahin, als wäre es für ihn einerseits glasklar und andererseits ermüdend, diese Auskunft geben zu müssen. Draußen vor dem Fenster sehe ich Menschen, die die Straße überqueren und welche, die Autos vor einer Werkstatt mit weißem Schaum einreiben. Seine Aussagen kommen mir schwammig vor wie das Bauchfett über seinen Zehen.

Die Fußgänger reden miteinander, bewegen ihre Körper durch die sie umgebenden Dimensionen und erfahren sich auf diese Weise als existierende Wesen. Ihre fortschreitende Bewegung ist die Zeit, ihre Definition. Alles geht seinen gewohnten Gang, geräuschlose Zahnräder greifen ineinander und treiben sich gegenseitig voran. Nur hier drinnen scheint die Zeit zähflüssig wie getrockneter Honig zu verstreichen und anderen Regeln zu folgen.

Der Wahrsager nickt, ohne dabei seine verdrießliche Miene zu verändern, und erzeugt noch ein paar Schreibwellen mehr auf dem fleckigen Papier. Ich frage mich, ob er vielleicht so schaut, weil er sich ein Lachen verkneifen muss.

„Ich kann euch zeigen, was ihr sehen wollt", erklärt er mit einer ruckartigen Kopfdrehung.

„Und das wäre was?", fragen wir.

Sein bedeutungsschwangerer Blick huscht zwischen uns hin und her. Er scheint zu zögern, doch schließlich spuckt er es aus. Ja, es fliegt wirklich ein kleiner Tropfen Speichel in unsere Richtung, elliptisch und hell landet er auf meinem Unterarm.

„Schließt eure Augen", nuschelt er, faltet sein Schreibheft zusammen und legt es zur Seite, den Kugelschreiber obenauf.

Lázaro, in der Mitte sitzend, ergreift Caméons und meine Hand. Gemeinsam schließen wir die Augen und lösen uns auf.

Eine Höhle. Die knackende Glut eines halb erloschenen Feuers. Es riecht nach verkohltem Holz und von Schnee und Schweiß getränkten Häuten. Und nach dem Blut des Weißwedelhirsches, den wir gestern Nachmittag von der Jagd mit nach Hause gebracht haben. Es riecht nach den vertrauten Ausdünstungen der Gruppe. Nach *Zuhause*.

Wie auch die anderen Männer habe ich vor ein paar Nächten meine Schlafstätte weiter ins Höhleninnere verlegt, ganz in die Nähe der Vertiefung, in der die Frauen und Kinder schlafen. Die Luft ist schneidend kalt geworden, sie beißt uns in Hände und Füße wie ein wild gewordenes Tier. Die Kleidung trocknet auch am Feuer nicht mehr. Deshalb müssen wir zusammenrücken. Nah beieinander ist es uns wärmer.

Instinktiv spähe ich in den hinteren Bereich der Höhle. Das Hauen in meiner Brust wird erst wieder leiser, als mein Auge sie entdeckt. Da liegen sie, friedlich umschlungen inmitten von Fellen, in die Wärme des Schlafs und bunte Kopfbilder gehüllt. Neben dem Gesicht meiner Frau lugen die dunklen Haare unserer Kinder wie weiches Gestrüpp hervor. Etwas Warmes strömt durch meine Brust wie ein Schluck Kräutersuppe nach einem langen Tag des Wanderns. Ich sehe mich zu ihnen hinlaufen und sie in meine Arme schließen, ihre Körper ertasten und die Süße ihres Geruchs einsaugen, die nur sie verströmen. Sie gehören zu mir wie ein Teil meines sehnigen Körpers.

Aber das geht jetzt gerade nicht. Das war nur eine Vorstellung. Denn ich spüre, dass sie nicht mehr weit weg ist. Die Gefahr mit scharfen Zähnen. Sie umschleicht *Zuhause*, formt große Schattenspuren in das Weiß der Landschaft.

Ich schlage das Fell zurück und stehe auf. Die Männer schnarchen und grunzen. Halb im Schlaf schielen sie mich an und schließen gleichgültig wieder die Augen.

Anstatt sie wachzurütteln und laut zu brüllen, ihnen die gewitterte Gefahr zu verdeutlichen, steige ich lautlos über die schlafenden Körper hinweg. Ich greife auch nicht nach meinem Speer. Etwas ist anders.

Am Ausgang muss ich die schweren Mammutfelle anheben, die *Zuhause* von *Draußen* trennen und dem wilden Raubtierbeißen der Winterkälte Einhalt gebieten. *Draußen* trägt das Kleid einer sternenklaren Nacht. Schnee wirft silbernes Mondlicht in den Himmel und über den beginnenden Wald. Alles glitzert. Meine Seele erbebt. Vor dieser unaussprechlichen Schönheit. Vor Dingen, die mein Kopf nicht erfassen kann.

Über meine Schulter blicke ich zurück. Betrachte den warmen Schimmer, der durch die Ritzen der Felle dringt und mir lockend zublinzelt. Der Faden zieht an meinem Körper und entlockt mir einen tiefen Atemzug. Dieser unsichtbare Faden ist an einer Seite mit meinen Gedärmen verwoben und an der anderen mit *Zuhause*, mit meiner Frau und den drei Kindern verknüpft. Er zerreißt nicht, egal, wie weit fort uns die Jagdwege führen, egal, wie viele Tage wir an Flüssen Rast machen und uns auf die Lauer nach Tierherden legen. Manchmal ist der Faden über solche Weiten gespannt, dass sein Ziehen mich schmerzt. Doch der Faden ist noch niemals gerissen.

Auch jetzt spüre ich wieder sein stilles Zupfen, obwohl ich nur wenige Schritte von der Höhle entfernt stehe und weiß, dass die ganze Gruppe sicher beisammen ist und friedlich schläft. Zischend füllt sich mein Inneres mit schneidender Nacht. Es ist irgendetwas anders heute Nacht. Ich bin nicht mehr allein.

Ich spüre es unter dem Kratzen meines Fellkleids, tiefer noch, in meinem angespannten Fleisch und den von den gestrigen Anstrengungen noch angegriffenen Bändern und Muskeln – noch einmal durchlebe ich die Szene als schnelle Folge aufflammender Kopfbilder: Das Kauern zwischen den Schneewehen. Das Verharren im Versteck, abwarten, abwarten. So grell, dass ich die Augen zukneifen muss. Auch die anderen harren aus, warten ab. Dabei keinen Laut von sich geben. In meiner geballten Faust der glatte Speerschaft. Mein Körper zittert vor Anspannung und Kraft, doch gleichzeitig erfüllt ihn eine helle Ruhe. Keinem der Jäger droht hier Gefahr. Die Hirsche werden nur zu fliehen versuchen. Sie werden uns nicht, angestachelt von Verletzungen, mit Stoßzähnen wilde Gegenwehr leisten.

Jedes Knistern und Knacken im Unterholz dringt ans Ohr. Mit angehaltenem Atem lausche ich dem Knirschen, mit dem die schlanken Hufe über den vereisten Boden tasten, in ihm scharren. Die schwarz glänzenden Schnauzen beschnüffeln den Boden, auf der Suche nach genießbaren Wurzeln und einigen letzten Grashalmen. Unter dem grauen Winterfell zeichnen sich die ausgemergelten Körper ab, die sich bei dem kleinsten Alarmsignal in davonzischende Vögel verwandeln. Die großen, flauschigen Ohren zucken vor und zurück, während mahlende Kiefer das wenige Futter zerkleinern, das sie finden. Gelegentliches Schnauben lässt helle Wölkchen aus ihren Nüstern auffahren.

Dabei wird der Abstand zwischen ihnen und uns unmerklich kleiner. Ich spüre, wie viel näher sie unserem Versteck noch kommen müssen, damit wir eine Chance haben und nicht alles Warten umsonst war. Das untrügliche Bewusstsein dafür, ab welcher Entfernung ein Speerwurf zu einem tödlichen Stoß werden kann, haben meine Fasern und Nerven als zähes, körperliches Wissen bewahrt. Unter der mittäglichen Sonne und eingepackt in meine Fellkluft bricht mir der Schweiß aus.

Dann das Signal. Die Augen weit aufgerissen, den Speer-Arm bereit zum Wurf nach hinten gestreckt, presche ich nach vorne, höre gleichzeitig die anderen aus ihren Verstecken hervorstürzen. Von mehreren Seiten überfallen wir die Hirschgruppe. Während die Herde auseinanderstiebt, Hufe sich hektisch vom Boden abstoßen und die helle Schwanzunterseite aufleuchtet, nutzen wir den Schreckensmoment und die Verwirrung aus. Lanzen fliegen und treffen. Mehrere Tiere werden erlegt und zurückgetragen. Über dem Feuer wird ein Essen zubereitet. Später brechen wir die Knochen auf und kratzen sie aus, um an das nahrhafte Mark zu kommen.

Heute Nacht hingegen scheint der Himmel tiefer zu hängen. Die hellen Lichtpunkte über meinem Kopf wirken beinahe greifbar. Ich strecke die Hand nach ihnen aus und mache eine zupackende Bewegung, doch wie jedes Mal, wenn ich sie zurückziehe und vorsichtig öffne, ist sie so leer wie zuvor. Meine Brust hämmert, es ist ein Geräusch wie das stete Klatschen von Handflächen auf Oberschenkeln, das zu Gesang und rhythmischen Tänzen gehört. Aber es ist keine Festzeit jetzt. Alles schläft und ich stehe draußen vor der Höhle. Auch fürchte ich mich nicht und wappne mich nicht für einen Angriff auf eine Gruppe Bisons oder gar ein Mammut. Es ist das Gegenteil. Etwas füllt mein Inneres mit Wohlbehagen, wie ein kochend warmer und reichlich fettgetränkter Sud. Als hätte ich die *Zuhausehöhle* in mir drin. Der Schnee sondert winzige Blitze ab.

Und dann sehe ich ihn am Waldrand stehen.

Das Leuchten auf dem Fell des Löwen erhellt die Nacht und wird von den Baumstämmen in seinem Rücken zurückgeworfen.

Ich sollte fliehen. Ich sollte die anderen warnen vor dem Monster, das sich bis an unsere *Zuhausehöhle* gewagt hat, vor diesem todbringenden Schrecken, der so lautlos geht wie ein Traum. Doch ich bleibe stehen, rühre mich nicht, selbst als der Löwe so nah vor mir steht, dass sein Raubtieratem gegen mein Gesicht stößt und ich sein sandfarbenes Fell im Wind zittern höre. Auge in Auge stehen wir einander gegenüber. Sein riesiger Schädel ist auf Höhe meines Kopfes.

Taigataiga bönibuait. Indefowest ohde nait.

Mir ist, als gäbe es einen weiteren Faden, den ich bloß nie bemerkt habe. Weil er schon immer da war und an meinem Herz gezogen hat, seit ich mich erinnern kann. Dieser Faden ist verbunden mit dem Löwen, der jetzt fast zärtlich an mir schnuppert und mir mit heißer Zunge über den Hals leckt. Etwas fügt sich zusammen. Meine Augen haben sich verflüssigt und rinnen mir heiß mir über die Wangen, während ich mich brennend in sein Fell drücke. In meiner Brust haben sich das Leuchten des Himmels und des Schnees versammelt. Das muss die riesenhafteste Nacht meines Lebens sein.

Dann plötzlich erstarrt er mit hochgereckten Ohren, dreht sich mit einem donnernden Sprung um und rennt in die kalte Nacht davon. Schnee spritzt mir ins Gesicht und ich lande auf dem Rücken im Schnee. Vom Höhleneingang kommen die anderen Männer auf mich zu gerannt. Einige reißen mich hoch, andere rennen noch ein paar Schritte mit erhobenen Speeren und Kriegsschreien dem Löwen hinterher, doch dieser hat sich bereits in den Schatten des Waldes aufgelöst.

TEESCHOLLEN

Triz begrüßt mich mit einem langgezogenen Wolfsjaulen, gefolgt von ihrem vogelartigen Schnattern.

„*Triz, mi amor!*“ Ich nehme sie auf den Arm und wiege sie sanft. Sie knabbert an meinem Gesicht, leckt meine Tränen ab und miaut vorwurfsvoll.

„Bitte Triz, kannst du aufpassen, dass ich nicht bis zur Unkenntlichkeit von meinem Zentrum fortdrifte? Dass ich meinen Standort in der Welt nicht verliere, meine Konsistenz und Farbe, und nicht brüchig werde und durchscheinend, ohne Inhalt und Namen, ohne Ende und Anfang? Bitte, Triz. Ich habe doch ein Recht, zu vergessen?“

Ich nehme einen Schluck heißen Roiboostee, und sie leckt sich die Pfoten.

„Wir haben Cam zurückgeholt, Triz. Er ist wieder bei uns. Es geht ihm gut.“

Neulich bin ich hinter die Quelle des mysteriösen Erdbeergeruchs gekommen, der meinem Zimmer beim

Einzug anhaftete. Nach Monaten öffne ich ein hochgelegenes Schrankfach, in dem sich das Glas mit dem Raumduft befindet – und mir fliegen das Aroma und mit ihm mein ganzes damaliges Lebensgefühl aus der Zeit, als ich auf der Insel ankam, entgegen.

Am darauffolgenden Tag treffe ich Lázaro im *Café Ocho*. Mit unseren Getränken setzen wir uns in die grünfaltigen Polster und versuchen zu benennen, warum wir Traurigkeit atmen, doch die Antworten sind flüssiger als unsere Sprache und sinken in die Höhe.

„Herbstgefühle haben sich zwischen die Fassaden geschoben, hinein in die Furchen der alten Lagune."

„Die Passanten laufen nicht mehr, sie schwimmen –"

„Was, wenn es so sein wird? Winterlich."

Auch er hat ein Paradies verloren. Träumende Kinder, die rennen und rennen. Was, wenn mein Körper einfach nur Körper sein möchte und atmen muss?

„Keine Lebensform funktioniert mit meinem Geist so recht, ich bin alles und nichts..."

Am Meeresboden, weit entfernt von der Landmasse der Kontinente, erhebt sich ein unterseeisches Gebirge. Ein mehrere Kilometer breiter Grabenbruch, eine Riftzone, die den spröden Scheitel des submarinen Gebirgszuges spaltet. Der atlantische Zentralgraben gleicht einer langgestreckten Narbe, aus der immerzu frische vulkanische Kruste emporwächst, Schorf aus einer tektonischen Wunde, die noch Äonen braucht, um zu versiegen.

„Es ist egal, was irgendjemand über uns sagt oder auch denkt, verstehst du? Es zählen nur du und ich. Es ist einzig und allein unsere Angelegenheit. Keinen anderen geht es etwas an."

Rücklings liegen wir nebeneinander im Bett, er stützt den Kopf auf seinen nach hinten gewinkelten Arm. Meiner ruht auf einem Kissen neben seiner Schulter. Ohne Freude lacht er auf, und ich stimme nicht mit ein.

Der Mittelatlantische Rücken ist aus der Leere zwischen den auseinanderdriftenden Lithosphärenplatten entstanden. Flankiert von Tiefseebecken und rasterförmig in Gräben und Auffaltungen zerbrochen, windet sich die Nahtstelle wie eine Wirbelsäule von der Arktis bis zur Antarktis durch schiere Unermesslichkeiten von Salzwasser.

„Wir müssen aufhören, hier und jetzt. Es bringt uns um, langsam und schleichend bringt es uns um und wir merken es nicht einmal..."

Wie ein Frosch im langsam wärmer werdenden Wasser.

„Sieh dir doch deine Arme an. Das Gift hat bald dein Herz erreicht. Vielleicht ist es schon zu spät."

Es gibt immer einen Ausweg. Es muss einen anderen Weg geben. Wenn wir aufgeben, wäre das nur eine andere Art zu sterben.

„Erinnerst du dich an das schwarze Loch im Weltall? Das alles Licht verschlingt? Wenn du dich ins Bodenlose fallen lässt, um dich zu retten – wenn du mitten durch das Feuer gehst und verbrennst... Kann es einen Neubeginn geben. Wird eine neue Welt geboren werden. Es wird anders sein, aber – vielleicht gibt es ja Wurmlöcher. Du wirst zum Phoenix. Vielleicht ist die Singularität nur ein Urknall hinein in eine andere Dimension."

Unaufhaltsam treiben die Nordamerikanische und die Eurasische Platte auseinander. An ihrer Schnittstelle quillt durch die Spreizung des Ozeanbodens Krustenmagma aus dem Innern des Planeten und türmt sich zu Schwellen auf. Nur wenige dieser Bergkämme, wie die Azoren oder Island, erreichen eine Höhe, die es ihnen ermöglicht, die brodelnde Schwärze hinter sich zu lassen und die Meeresoberfläche als vereinzelte Inseln zu durchstoßen.

Am anderen Ende der Leitung wird es still. Die Welt fliegt auseinander. Stimmen brechen.

Es dauert eine gefühlte Ewigkeit, bis er antwortet. Die Augen mit Tränen gefüllt. Wortloses Kopfschütteln.

Flehend streckt er die Arme nach mir aus, doch ich stoße ihn von mir, mit eiskalten, zitternden Händen.

Ich habe –

Meine Stimme löst sich auf. Er schüttelt den Kopf. Ich habe Angst. Halte mir den Kopf, wiege ihn vor und zurück, als könnte es ihn vor dem Zerbersten bewahren.

Erlöse ihn. Erlöse euch beide.

Das immerzu fortschreitende, unaufhaltsame Chaos, kaltes Auseinanderdriften der Galaxien.

Wenn man frisch gebrühten Tee für eine Weile in der Tasse ruhen lässt, kann man in Gegenden mit kalkhaltigem Leitungswasser die Entstehung eines schillernden Films auf der Oberfläche beobachten. Pustet man vorsichtig in die Tasse, zerfasert der feine Belag in eine Vielzahl gezackter Schollen, die gegeneinanderstoßen und zerbrechen. Dergestalt stelle ich mir die Bewegung tektonischer Platten auf dem flüssigen Erdmantel vor, verlangsamt um viele Jahrmillionen.

„Bitte tu es. Aber sag nicht, es sei für mich."

„In Ordnung. Lass uns jetzt versuchen zu schlafen. Wir treffen uns im Traumland. Wir sehen uns an einem schönen und warmen Ort."

„Ich stelle mir das gleich vor."

„*Bueno*. Gute Nacht."

„Bis bald."

Wenn sie sich am Abend der feuchten Tage im Dämmerlicht aufrichten, ihre schwitzenden Körper voneinander lösen und der Boden mit dunklem Regenwasser vollgesogen ist, dann beobachten Erde und Himmel das Resultat ihrer wüsten Verschmelzung.

Über die pockennarbigen Wangen des Vulkans strömen Tränenbäche, fettglänzend. Die einst ausgetrockneten Flussbetten und Kanäle gleichen aufgedunsenen Wunden, findet der Himmel, eitrig geschwollen und umkrustet von Mauern und Häusern. Sie sehen aus wie hellbraune Adern, wie Milchkaffee, findet die Erde. Aus steinernem Schlaf gewirbelt, hat sie in Wehen schwalartig spitzes Geröll und totes Holz aus ihrem Leib gestoßen, Gaben, die der Sturzbach ihr gierig entreißt.

Mit winzigen Füßen sind flüsternde Geschöpfe an die Oberfläche gestrampelt, zutiefst verwundert über die Erneuerung ihres Lebensraums. Zottelige Hunde lecken an den brodelnden Ufern. Ein dunkelrotes Sekret tropft aus den Murmelaugen der Ratten, während ihre zuckenden Vibrissen forschend nach den Melodien der Strömungen tasten. An der Mündung weiter unten am Hang erbricht der Fluss sich in einer Gischt aus Schlamm in den metallischen Ozean.

DIE FRAU IN DEN SCHATTEN

Still und leblos liegen die Wasserrinnen zur Trockenzeit da. Nun ist alles leicht – leicht und bedeutungslos – aus Träumen geboren, in Träume entschwunden. Lauter als das aufgebrachte Donnern zur Regenzeit dröhnt jetzt ihr Verstummen im Fleisch der zerfurchten Insel.

Meine Knie geben nach und ich sinke, geschüttelt von Wogen der Trauer, zu Boden. Eingesunken in tiefere Erdschichten winde ich mich als Grundwasserbach untertage dahin. Möglich auch, dass mein Dampf in den Himmel stieg und diesen nun mit einer grauen Schwüle tränkt, die das Atmen erschwert. Unsichtbar singen meine Flüsse, schwebend über dem Land. Verwebt mit den sich geräuschlos kreuzenden Strömen im Innern der Berge, mit den Quellen und Seen ihrer Steinherzen. Meine Flüsse sind Teil von allem, das existiert, sie verändern die Gestalt und erneuern ihr Selbst in einer nie abreißenden Kette aus Trocken- und Regenzyklen.

Mein Warten ist geduldig wie das Warten von Steinen. Es ist ein Warten auf die rechte Zeit und die passenden Umstände, auf unmerkliche Änderungen der Schwerkraft, des Drucks und der Atmosphärenkälte. Stets bereit, alles aufbrechen und lehmiges Blut aus alten Wunden sprießen zu lassen. In der Nacht hört man mein irrsinniges Rauschen, selbst dann, wenn der Regen schon längst verstummt ist.

Triz miaut und läuft auf meinem Körper auf und ab, als würde sie versuchen, mich in die Welt zurückzubringen. Ich bin die Beute einer Schlange. Ich schwitze, reibe mein Gesicht und versuche die Unebenheiten abzukratzen, die sich dort gebildet haben. Das Schlangengift – ich kann nicht sagen, was ich in den letzten Stunden getan habe. Triz' blaue Augen starren fest geradeaus. Die gläserne Asche meiner zahllosen Telefonate und Chatgespräche gräbt mir ihre spitzen Fingernägel ins Gesicht, wir schreien und schwarze Splitter spritzen durchs Zimmer. Es klatscht gegen die Wand und –

Alles ist wie in einem wirren Albtraum geschehen. Plötzlich liege ich nicht mehr auf dem Boden, sondern stehe in Jacke und Schuhen im Wohnzimmer. Ich weiß nicht, wie ich hier hingelangt bin, nur, dass die Kakteen ein schmierig weißes Wolllaussekret überzieht. Im nächsten Moment küsse ich Triz und atme den warmen Duft ihres Fells ein. Gemeinsam verlassen wir die Wohnung. Über die laternenbeschienene Straße galoppiert sie zu ihrem Geliebten. Die beiden umkreisen und beschnuppern sich und verschwinden lautlos im Gebüsch. Noch ein paar Mal taucht sie am Wegesrand auf und scheint mich zu rufen; zum letzten Mal sehe ich sie am fernen Ende einer Straße. Kurz darauf erreiche ich den Ortsrand und lasse die Straßenlichter hinter mir zurück. Kein Mond, auch keine Sterne stehen über mir. Die Welt wird ein Sarg.

Ich tauche in die Blindheit der Hügel ein. Passiere die geifernden Hundezwinger, die Ziegenställe und Scheunen. Folge den verstreuten Kiespfaden, bis sie sich in Nacht und Wildnis auflösen.

Ich steige bergauf, stolpere, immer weiter, erreiche einen Hügelkamm und hetze weiter. Ein weiterer Kamm folgt, mit einem flachen Hang dahinter. Es geht hinab.

Mein Körper taumelt gegen Felswände, wird von ihnen zurückgeworfen wie ein Echo und prallt erneut gegen sie, als würden hänselnde Kinder ihn sich in einem Kreis zuschubsen.

Irgendwann fühle ich vor Erschöpfung den Boden. Etwas Spitzes bohrt sich in meine Wirbelsäule, aber ich finde nicht mehr die Kraft, um mich in eine andere Position zu rollen. Trotz der Kälte hat eine taube Müdigkeit von mir Besitz ergriffen.

Ist Triz mir gefolgt? Es fühlt sich an, als würde sie wieder besorgt Tränen und Blut von meinen Wangen lecken. Sie beschützt mich. *Mein Liebling.* Aber nein. Es ist nicht Triz, die mein Gesicht küsst, sondern feine Regentropfen, die der Himmel nicht mehr braucht und fallen gelassen hat.

In den nächsten Stunden treibe ich durch innere und äußere Welten, gedankenleere Räume. Es kommt mir vor, als würde sich ein Fluss um meinen schläfrigen Geist herum bilden. Er rauscht in meinen Ohren und lässt mich unkontrolliert zittern, so eisig ist er und nass. Er durchtränkt meine Kleidung als gluckerndes Rinnsal und umspült mich als bedrohlich zischelnder Bach. Mit klammen, wühlenden Fingern dringt er in meine Ohrmuscheln ein, woraufhin alle Geräusche nur noch dumpf und aufgedunsen tönen.

Eine Woge schwappt von hinten über mein Gesicht und lässt mich den Kopf hochreißen. Spuckend und hustend blicke ich mich um. Ich kann beinahe nichts erkennen, so dicht ist die Schwärze, die sich mir wie etwas Körperliches auf die Augen gelegt hat. Aber dann hebe ich den Kopf noch höher und erkenne weit über mir einen schmalen Streifen, der etwas weniger schwarz ist als der Rest.

Der anschwellende Bach, wird mir jetzt bewusst, existiert auch außerhalb von mir. Er rauscht tatsächlich an meinem Körper entlang, drückt gegen meinen Rücken, weil ich ein Hindernis für sein Fließen bin, und zieht an meinen Beinen. Die Kälte raubt mir den Atem.

Und doch scheint es jemand anderes zu sein, der den Schmerz fühlt, eine andere, die sich resigniert an einen Felsen lehnt und das Wasser dabei beobachtet, wie es immer höhere Wellen über ihren Beinen bildet und immer kraftvoller daran zieht.

Dann werde ich fest am Rücken gepackt. An den Schultern schleift mich jemand aus dem Wasser. Mein Körper wird einfach mitgezogen, meine Jacke zerrissen und Zähne bohren sich spitz in meine Haut.

Mein Körper ist im Besitz eines wild bellenden Hunderudels. Die mir bis unter die Brust reichende Kälte verschwindet. Der Fluss verschwindet. Und ich fliege auf felligen Köpfen und drahtigen Rücken durch die Nacht.

Das Feuer in der Höhle und die Wolldecken, in die ich gehüllt worden bin, wärmen mich langsam auf. Einen Moment lang wähne ich mich wieder in der Zwischenwelt, in der verschneiten Welt des Jägers und des Löwen. Doch dann bemerke ich, dass ich Pfefferminztee aus einem Holzbecher trinke und dass aus den Schatten der Höhle ein leises Winseln und eine krächzende Stimme zu mir dringen.

„Jedes Etwas in unserem Kopf besitzt einen Code, der auch abgelöst von dem Ding, auf das er sich bezieht, gilt und existiert. Gefühle, Träume und Gedanken tragen eine unverwechselbare Essenz in ihrem Kern."

Die Einsiedlerin krault den Kopf eines der Hunde und kratzt sich selbst das bärtige Kinn, bevor sie fortfährt, monoton zu erklären: „Alle Dimensionen haben als Gemeinsamkeit ihre Essenz, die sich unterschiedlich ausprägen kann. Je nachdem, wohin die Wellenfunktion kollabiert. Die Essenz beinhaltet noch alle Optionen, während die einzelnen Dimensionen bloß Zustandsreduktionen darstellen."

Sie zwinkert mir aufmunternd zu.

„Manchmal sind unerklärliche Dinge geschehen", bringe ich hervor, voller Verwirrung.

Sie nickt verständnisvoll. „Mehrere Universenschäume haben sich durchkreuzt, Baby Taiga. Ähnlich wie ein vom Blitz getroffener Baum hat sich dabei unsere Realität aufgespalten. Zufällig bist du auf der Berührungslinie eines solchen Zusammenpralls der Welten geboren worden. Aus diesem Grund wechselt dein Bewusstsein immerzu seinen Standort und dein Empfinden liegt jeweils in der Welt, in der du dich gerade aufhältst. Wie bei einem unsauberen Schnitt haben einige auf der Linie Geborene ihren Schwerpunkt in dieser und andere haben ihn in jener Welt. Die Essenzen aller Dinge aber manifestieren sich im Rest der Welten als Metaphern."

„Aber... Wer sind wir in der anderen Welt? Und die Essenz welcher Gefühle oder Erlebnisse könnten wir und das, was wir hier durchleben, sein?"

Sie wirft mir einen brennenden Blick zu. „Lázaro zum Beispiel scheint in der Welt seiner Löwenträume fester verankert zu sein als in dieser."

„Ja... Ja, er empfindet diese Welt oft als unreal und traumhaft."

„Eure Besonderheit ist, dass ihr nicht nur auf einer Kontaktlinie der Universen, sondern auch in einem Energieknotenpunkt geboren wurdet."

„Ach ja?"

„Dadurch besitzt ihr eine intensivere Verbindung zu der Kraft des kreuzenden Universums, zu seinen physikalischen Gesetzen und Regeln."

„Lázaros Meeressinn..."

„Und dein eigener Sinn. – Vielleicht hast du dich über die flirrenden Muster gewundert. Es handelt sich um Energien fremder Wesen, die unsere Welt durchweben. Einen Schatten davon hast du bereits auf der Morgenwanderung mit Lázaro, Paco und Isabel erhascht."

„Und in den Hügeln. Sie sind also das seltsame Flimmern..."

Erneut nickt sie sehr wohlwollend über meinen Lernfortschritt und der Hund schmatzt genüsslich. „Zumindest werden dort Überschneidungspunkte der kollidierenden Welten sichtbar. Sie folgen ihren ganz eigenen Gesetzmäßigkeiten. Und wer auf einer dieser Linien geboren wurde, dessen Essenz ist eben geteilt – wie der Baum im Wald seid deshalb auch ihr beide, Lázaro und du, in mehr als einer Welt existent. Lázaro ist nicht nur ein menschlicher Junge hier, sondern auch ein Löwe zur Zeit des Pleistozäns."

„Sein Zweitname ist León."

„Richtig, und das ist kein Zufall. Weißt du warum? Weil der Name eine Traummetapher ist, und zwar des Traums des Löwen. Lázaros verlorener Teil ist sein Löwen-Ich. Nun... Hat der Löwe Lázaro-Träume oder hat der Menschenjunge Löwenträume?" Sie kichert heiser in sich hinein und fährt dann fort: „Die zwei Dimensionen können wieder zu einer einzigen zusammengeführt werden, so wie ein Baum um seine Schnittstelle herum wächst. Die zersplitterten Teile müssen bloß neu vereint werden."

„Wenn der Löwe, dem ich im Pleistozän als Jäger gegenübergestanden habe, Lázaro war, worin hat sich dann mein verlorener Teil manifestiert?", frage ich mit großen Augen.

„Ich glaube, dass weißt du bereits. In einer Metapher. Genauso wie du eine Metapher für deine verlorene Hälfte geworden bist. Sie ist das Holz und du bist das Wasser."

„Ich bin das Gesicht, das man direkt nach dem Ansehen vergisst", überlege ich laut. „Meine Existenz definiert sich über das *Fehlen,* über die Abwesenheit von Dingen. Ich bin ein geschliffener Stein. Glatt und kühl liege ich in der Hand meines Betrachters. Reglos. Meinungslos. Ich weiß nicht, wie mir geschieht. Nur *dass* mir geschieht. Ich bin umgeben von lauter zerbrechlichen Kristallvasen. Ich befinde mich in einem regelrechten Wald von Kristallvasen und finde keinen Ausgang. Ganz allein bin ich in diesem Wald. Der Wald ist die Welt. Und ich bin verdammt dazu, zu zerstören oder zerstört zu werden. Von Einsamkeit zerstört zu werden oder die einsame Welt zu zerstören. Und für den Rest aller Zeiten in Scherben zu leben. Mir scheint, mein Leben lang hielte ich deswegen den Atem an. Wie der gebannte Zuschauer, wenn die Handlung des Kinofilms aus dem Ruder läuft. Ich halte den Atem an, atme nur ganz flach, damit sich die Oberfläche nicht kräuselt."

„Und deine Ergänzung ist das Wesen, das du Schwester nennst. Yaela, Baby Moon, dein verlorener Teil, dein Blumenherz. Sie ist für dich, was für Lázaro der Löwe ist. Sie glüht in deinen Träumen. Du leuchtest auf in ihrer tiefsten Stille."

Tief in mir spüre ich, dass die Frau in den Schatten recht hat.

„Du hast nie in Berlin gewohnt", spricht sie weiter. „Und nie wirklich eine Schwester gehabt. Nur in der träumerischen Metaphernwelt, in der du dich so gerne bewegst, ist das so."

„Das also ist der Grund für Lázaros und meine Träume?", frage ich.

„Und nicht nur das, sondern auch der Grund, aus dem ihr feindlich aufeinander reagiert. Ihr tragt Anteile konträrer Welten in euch. Andererseits verfügt ihr dadurch auch über Fähigkeiten und Sinne, die nicht mit den physikalischen Gesetzmäßigkeiten dieser, aber eben einer anderen Welt vereinbar sind."

NOCHE

VERSCHWINDEN

Heute früh sah ich, wie sich schneeweiße Wolken nahe dem Erdboden frisch übereinander schoben. Ihre Ränder waren in vollständiger Bewegung, fransten aus und verdampften in warmes, flüssiges Blau. Ein winziges, glänzendes Objekt blinkte hoch oben, kleiner noch als ein Stern, langsamer als ein Flugzeug. Dabei kitzelte grünblaues Gestrüpp meinen Hals. Ich habe Kräuter zwischen meinen Fingern zerrieben und ihren Duft eingeatmet.

Es ist Frühling im Dezember. Überall sprießt Babygras aus dem triefenden Boden und überzieht die Landschaft mit einem zarten Flaum, der bei jedem Windhauch erzittert.

Ich habe eine Gruppe von Tauben aufgeschreckt, die in einem niedrigen Gebüsch Unterschlupf gefunden hatten. Flügelklatschend stoben sie auf, ein Dutzend heller Leiber, einer nach dem anderen. Wie graue Steine sahen sie aus, die nach oben fielen, weil der Boden sie plötzlich losließ.

Heute ist der Tag der Sonnenwende. Heute soll das Würdige Gefäß auserwählt werden, daran erinnere ich mich noch undeutlich. Aus diesem Grund bin ich zurückgekommen. Ich wusste, sie würden am Wasser sein, um sich zu versammeln und ihre Traditionen zu feiern. Um mit den Göttern zu sprechen und ein Zeichen von ihnen zu erhalten.

Unten am Strand lodern die Mittsommerfeuer rot und hell. Ihr Licht sprüht Funken in den Augen der Versammelten. Am Horizont, irgendwo hinter dem dichter werdenden Nebel, hängt verglühend und ferner denn je der Geist der versunkenen achten Insel.

Schauend habe ich die Gruppe aufgestöbert und nähere mich ihr zögernd. Da sitzen Lyra und Lázaro auf bunten Stranddecken und blicken mich so schmerzhaft scheu an, sehen zu mir auf als wäre ich nicht ich, sondern die Schattenstruktur einer Wolke oder ein zerbrochener Gedanke oder das Weiß eines fliegenden Albatros oben am Himmel. Auch Ismael, Pacorro, Isabel, Eleonora und Caméon kommen mir fremd vor, meine Augen erkennen sie kaum wieder.

Im Lagerfeuer knistern trockene Palmwedel und alte Bretter. Ich setze mich dazu und sie begrüßen mich, so als wären wir uns jahrelang nicht begegnet. Das stört mich nicht allzu sehr, doch dann fragen sie mich, wie es mir ergangen sei, wie mein Leben weitergegangen sei, was ich gemacht habe, in all dieser Zeit. Und etwas in mir windet sich und möchte gehen. Aber noch schaffe ich es nicht, mich von ihnen zu lösen.

Passend zum Festtag trägt Rosa ihre Zeremonienkleidung aus dünnen Stoffmänteln voller Spiegel, von denen verschiedenfarbige Stofffetzen, Fellstreifen, klimpernde Knöchelchen und Perlenschnüre herabhängen. Wie aus dem Staub auferstanden, verjüngt ein inneres Glühen sie um Jahrzehnte, um Jahrhunderte.

„Für mich ist eine Hexe der heutigen Zeit eine Frau, die den Zugang zu ihrem uralten Wissen wiederentdeckt hat. Du, Aziza, möchtest du auch eine moderne Hexe sein?“

Aus den Poren meiner Haut kommen jetzt farblose, hagere Würmer gekrochen. Schwerelos und verdreht lösen sich ihre Qualmleiber von meiner Oberfläche und kräuseln geisterhafte Schneckenhäuser an den Ärmeln meines T-Shirts empor.

Die anderen sitzen in gedämpfte Gespräche oder in summendes Schweigen verwickelt. Ein Schweigen, das von dem rasch näherkommenden Nebel auszugehen scheint, der sich über dem Meer zu Gebirgen auftürmt und die Linie des Horizonts verschlingt. Die Geschwindigkeit, mit der sich der Dunst dem Ufer nähert, löst ein urzeitliches Grauen in mir aus.

Als das Tageslicht hinter der Bananenplantage schwindet und die glimmende Orange zum letzten Mal hinter dem Horizont aufblitzt, wird der Sand kühl, dunkel und beinahe samtweich. Schwerelos rieselt er durch meine Finger. Seine bunte Unterschiedlichkeit verwandelt sich in ein schattiges Grau, die Dünen werden zu einem Teppich aus dunkler Weichheit, den nur noch die Lagerfeuer erhellen. Im Mondglanz der Nacht bleibt nichts als das Glitzern zurück, Buchten und Verwehungen aus gemahlenem Mondstaub, verstreutem Blaufluss.

Mit fahrigen Händen bemühe ich mich, die durchlässigen Stellen an meinem Körper zu schließen. Gedemütigt pressen sich meine Finger in die Lecks, aus denen der Rauch austritt. Die anderen sollen nicht merken, was mit mir geschieht. Ich möchte sie nicht erschrecken, will sie nicht verstören oder ihren Frieden stören. Also versuche ich, den Rauch in meine Kniekehlen, in meine Ohren und Nasenlöcher zurück zu zwingen, die blassgrauen Fahnen am Emporsteigen zu hindern und sie mit Gewalt wieder in meinen Körper zu stopfen.

Doch es will mir nicht gelingen. Sogar aus meinen Augen trieft die Dunkelheit. Beschämende Finsternis, die zügellos, haltlos, hervorpulsiert und mir meine Menschlichkeit raubt. Wie werden die anderen mich jemals akzeptieren können, wenn sie erfahren, dass mein Inneres verbrannt und voll von einer Schwärze ist, die mir bereits aus sämtlichen Poren dringt?

Der Himmel wird sich schwarz mit dem Meer verbinden, Schwarz in Schwärze tauchen und keinen Horizont mehr erkennbar lassen, schwere Wellen werden über die Felsen schlagen und die Luft mit salzigem Schweiß erfüllen. Weshalb bin ich hier?

Zitternd erhebe ich mich. Sage leise, mit zugeschnürter Kehle, dass ich einen Spaziergang machen werde, und gehe dann, ohne eine Antwort abzuwarten, davon.

Die Hitze und rote Helligkeit des Feuers geben mich frei und weichen der Nachtkühle. Ich laufe und stolpere über Unebenheiten aus Sand, ohne mich noch einmal umzudrehen.

Nach einer Weile beginnen meine Turnschuhe vor dem schwarzen Untergrund zu leuchten, ein bläuliches Phosphoreszieren geht von ihnen aus. Helle Steine und knirschender Muschelbruch blinken vor mir auf. Ein unwirkliches Leuchten geht auch vom Schaum der brechenden Wellen aus, der sich wie ein Geisterwesen am Strand emporrankt und wieder ins Meer zurückschlängelt. Die großen und kleinen Becken im Lavagestein heben und senken sich im schnaufenden Rhythmus des Atlantikatems.

Bald erreiche ich einen hohen Punkt an der Küste und erkenne, dass die kleine Bucht mit den verlohenden Mittsommerfeuern bereits gänzlich von Nebel eingeschlossen ist. Ich werfe meine von Migräneschmerz verkrampfte Stirn zurück, lege den Kopf in den Nacken und versuche, den Nebel mit bloßen Augen zu durchdringen, seine Tiefe und Dichte zu ermessen, doch er bleibt glatt und undurchdringlich wie ein unnahbares, makellos beherrschtes Gesicht.

Ich bin mir jetzt sicher, dass die ganze Welt so aussieht. Farben und Geräusche zur Ausnahme geworden. Als befände sich dieser Streifen Küste in einer stetig schrumpfenden Blase aus Leben, am tiefsten Punkt eines langen Trichters. Fröstelnd wird mir bewusst, dass der Nebel die Oberhand gewonnen hat. Dass dieser Ort, wie eine Insel in waberndem Nichts, als das Andersartige, Ungewöhnliche in einer überwältigen Allgegenwärtigkeit der Ödnis treibt. Als wäre dies der letzte menschliche Posten in einer untergehenden Welt.

Und plötzlich erinnere ich mich wieder: Nach der Trennung von Lázaro habe ich die Insel verlassen. Ich bin nach Hause gegangen. Und es schmerzt mich, es zuzugeben, aber seit meiner letzten Begegnung mit den Guanchamánes sind nicht Wochen, sondern Jahre vergangen. Erst heute, zur Mittsommernacht, bin ich zurückgekehrt. Meine Augen weiten sich ins Unendliche, werden uferlos, immer offener und leerer, und ich empfinde diese Art von Schmerz, die nur außerhalb des Körpers gefühlt werden kann.

Das neblige Ding vor, über und hinter mir hat unermessliche Ausmaße angenommen, das weiß ich nun, das spüre ich im klopfenden Saft meiner Knochen, im Jucken unter meinen Fingernägeln und in der stechenden Energielinie im Unterleib. Es besteht aus einem farb- und formlosen, einem – ich vermag es nicht anders zu beschreiben – lärmenden, ja dröhnenden und doch völlig geräuschentleerten, schweigenden Weiß. Ein Weiß, das sich auf alle Sinne, auf Ohren, Augen und Nase legt, sie zum Bersten füllt mit summender Stille. Und noch etwas lässt mir angstvolle Schauer über Nacken und Arme jagen: Aus dem Augenwinkel – jedoch niemals, wenn ich direkt hineinsehe – bemerke ich unregelmäßige Bewegungen in den Dämpfen. Wuselnde, sich unablässig verformende, huschende Gestalten; als bliesen hunderte winziger Winde aus verschiedenen Richtungen und verwirbelten dabei die Oberflächenstrukturen zu tausend kämpfenden Erscheinungen. Ein wenig ähneln sie den *mouches volantes*, diesen flirrenden Punkten im Himmel, die Eiweißablagerungen und Gewebefetzen im Auge sind. Was man dann sieht, ist nichts als der eigene Glaskörper.

Unten am Strand lugen ein paar letzte Wellenfinger aus den Schwaden. Langsam kriechen sie über den Sand, als würde das Meer einen endgültigen, resignierten Seufzer ausstoßen. Die spiegelnden Quecksilberteiche erreichen ihren höchsten Punkt an der feuchten Schräge des Ufers, wo sie innehalten, eine Atempause lang verharren und abwarten, ob etwas geschieht, ob jemand sie vielleicht aufhält, ihnen sagt, sie sollen bleiben. Aber nichts geschieht und niemand spricht, also atmet die Urkraft des Ozeans sie wieder ein, kraftvoll und mühelos.

Dann ist auch das Meer fort. Eingeschlürft wie das salzige Fleisch einer Auster, die nach Wellenschaum schmeckt. Sein eintöniges Rauschen klingt nun gedämpft und fern, Laute eines Traums in einem Traum.

Ich bin losgelaufen. Das merke ich, weil mein Standort sich verschoben hat. Ich stehe nicht mehr auf dem Aussichtspunkt und die Nebelwand ist plötzlich zum Greifen nahe.

Die Zeit drückt sich schubweise durch den schwindenden Raum, zirkelt um sich selbst. Wie im Schlaf folge ich den verschluckten Salzteichen, folge ihnen in die Wolken. Ich lasse mich absorbieren wie die schicksalsergebenen Gezeiten im Griff der Ebbe. Doch so weit ich auch laufe, das Meer bleibt abwesend. Wo eben noch Wellen zischten und brandeten, ist bloß kalter Sand geblieben.

Die Wolken verlieren an Schwere und steigen zurück in den Himmel. Vor mir klart der Himmel auf. Ich bin allein und im Kern der Stille angelangt. Als ich mich blinzelnd orientiere und mein Verstand verarbeitet, was sich da vor mir aufgetan hat, erfasst mich eine Welle ungläubigen Schwindels.

Das Meer hat sich zurückgezogen, ist bis auf den letzten Tropfen verschwunden und hat einen riesigen Krater, ein Gebirgstal, freigegeben. Weit draußen ragt die Nachbarinsel wie ein einsamer Gigant aus der Leere auf. Und dann, als sei das nur der nächste logische Schritt, hat sich auch meine Angst verflüchtigt, wie die Schwaden vor mir. Ruhe durchspült mich wie eine wohlige Gischt. Es ist, als liefe ich über triefend feuchten Sand dem Ende der Welt entgegen.

DER TIEFSTE PUNKT

Die Luft ist zäh geworden, so wie Kinder es träumen. Sie bremst meinen Körper, erst Beine, Hüfte, schließlich den Oberkörper, bis nur noch das Gefühl vorherrscht, sich in Zeitlupe durch klares Gelee zu schleppen, erst fremd und aufhaltend, dann rhythmisch mich umschließend. Und zuletzt, als wäre eine unsichtbare Barriere überwunden, nimmt der Widerstand ab.

Der grüne Ton aus Metall ist jetzt lauter denn je. Das triefende Meerestal wirft ihn röhrend zurück, lässt ihn als sonores Echo durch seine Leere geistern. Aliengespräche, die sich zwischen entfernten Galaxien abspielen, ein menschlicher Herzrhythmus.

Es dauert nicht lange, da beginnt der Boden unter meinen Füßen steiniger zu werden. Felsformationen ragen wie krummbucklige Miniaturinseln aus dem groben Sand auf, bewachsen mit kalkfarbenen Schneckenhäusern und blassgelben Flechten. Feucht glänzen ihre Oberflächen, reflektieren ein fernes Mondlicht, das irgendwo vom Himmel tropft. Unter meinen Schuhsohlen knirschen Haifischzähne und Gräten, zerbersten Schuppen, Scheren, Antennen und Kiemen; Kleinstlebewesen werden zu Korallen- und Muschelstaub zermahlen, zu Krabbenrosa und Algengrün. Dazwischen, im Schlamm, bilden Dosen, Plastiktüten und Verpackungen einen knisternden Belag, der, sich bis an die Ränder des Meeresbodens erstreckend, hinab in die von Vorsprüngen verdeckten Tiefen fließt und am Hals der gegenüberliegenden Insel erneut emporschwappt.

Rund geschliffene Glasscherben und zerbrochenes Porzellan glitzern zwischen dem, was einmal Tische, Stühle und Matratzen waren. Alte Kinderkleidungsstücke kleben an längst vergessenen Gegenständen, und schleimige, herausgerissene Buchseiten blinken wie verstreute Wegweiser zwischen ihnen auf, ihrer Einbände beraubt und beschrieben mit verwischter Tinte. Ich passiere einen zerfressenen Ohrensessel und kurz darauf die Überreste eines Kinderwagens, in dem eine tote Seepferdchenfamilie schläft. Durch immer mehr Müll muss ich mich wühlen, ganze Berge von Unrat besteigen und hinter mir lassen.

Ein Plateau aus blasenförmigem Gestein überquerend erkenne ich, dass in den Felsspalten, die ich auf allen

Vieren überquere, Seeigel im Trockenen hängen, ihre stachligen runden Körper so schwarz wie glänzende Pupillen. Starrende, lidlose Augen des Meeres gefangen in der Abwesenheit seiner selbst. Ein an einem Findling klebender Seestern zwinkert mir zu. Seine pockige Haut ist orange und stellenweise rosa, ein Zacken fehlt. Ich frage mich, wie lange er ohne den lebensspendenden Ozean auf seiner Haut überleben kann.

Hinter dem Plateau lande ich auf einer bleichen Seegraswiese. Ihre Halme liegen erschlafft und verheddert da, alle in derselben Richtung, den Hang hinabweisend. Wohlüberlegt setze ich Hände und Füße auf Lavagestein, überquere kahle Sandflächen und ducke mich unter Bögen und Grotten hindurch. Ich passiere ein altes Schiffswrack, das, in Schräglage und halb versunken in den Dünen, daliegt wie ein im Morgenlicht verloren gegangener Traum.

Oft bricht der Meeresboden abrupt in Schluchten und Steilwänden auf die Tiefe zu, und so muss ich Acht geben, dass ich nicht plötzlich eine mehrere Meter tiefe Felsstufe hinabstürze. Zerklüftete Steilhänge und sandige Riffe wechseln sich mit horizontalen Terrassen und hin und wieder einem leichten Anstieg ab, nur um dahinter noch tiefer hinabzuführen. Von unterseeischen Stürmen in die Lava gewaschene Höhlen nehmen mich in ihr Inneres auf und ihre Tunnel führen mich zu völlig neuen Vegetationszonen mit andersfarbigen Böden und Pflanzen. Einmal finde ich noch ein totes Seepferdchen, doch ansonsten treffe ich auf kein Lebewesen mehr.

Über all dem thront wuchtig in der Ferne die Nachbarinsel. Hell und staubig ist sie oberhalb ihres ehemaligen Wasserspiegels, dunkel und feucht darunter – der Küstengürtel eine scharf gezeichnete Trennlinie zwischen den beiden ehemaligen Welten: Über- und Unterwasser. Vermutlich stellt sie in etwa eine Spiegelung jener Insel dar, deren Fuß ich im Begriff bin hinabzuklettern. Irgendwo im Tal, denke ich, müssen die Unterleiber der Eilande aufeinandertreffen, muss der tiefste Punkt erreicht sein und es an der anderen Seite wieder bergauf gehen.

Doch am tiefsten Punkt geht es nicht bergauf. Ein Gebilde aus länglichen Gesteinssäulen versperrt den Weg. Seine zahlreichen, nach oben weisenden Balken erinnern vage an die Flöten einer Orgel. Oben, auf der höchsten Säule, sitzt weiß und rund, wie aus Mondfeuchtigkeit gegossen, der Albatros. In der Mitte der Steinorgel liegt ein gestrandeter Wal.

Still blickt er mich aus seinen sanften Augen an. Algen wachsen zwischen seinen Schrammen und Narben. In seinem Magen liegen Brocken unverdauter Nahrung, umspült von blauer Verdauungssäure. Er öffnet sein riesiges Bartenmaul und ein tiefes, grollendes Miauen bläst mich fast um, es klingt – wie Triz. Dann trete ich in seine Maulfestung ein.

IM WAL

Vor mir, im leeren Raum des Walmauls, dreht sich eine blaue Gießkanne aus Blech über einem Topf voller Blumen. Sprachlos wie eine Libelle stehe ich lange Zeit davor. Vielleicht vergehen Stunden, vielleicht auch Tage oder sogar Jahre, in denen Säfte und Flammen auflodern und wieder verfliegen, während ich so vollkommen regungslos, so versunken in die Betrachtung der blauen Kanne zwischen den trocknenden Blüten dastehe.

Das Gießen der Pflanzen.

Mir ist klar, dass ich diese Pflanzen unbedingt bewässern muss. Doch etwas stimmt nicht mit der Blechkanne. Dieses Etwas, namenlos, sorgt dafür, dass ich zu Stein werde, jahrelang Stein bleibe.

Ist es das Ausgussrohr? Es verzweigt sich auf labyrinthische Weise in Verwirrungen aus Schläuchen, die, spinnwebverhangen um das himmelblaue Gefäß herumwachsend, erneut in den Griff übergehen und das

Kannenmundstück von der anderen Seite her schließlich mit sich selbst verbinden.

Ist das die gesunde Form einer blauen Blechgießkanne? Oder ist es falsch, gegen die Regeln des Universums, dass ein solcher Gegenstand überhaupt existiert? Mir scheint entfallen zu sein, wie der Prototyp, die prinzipielle, urbildhafte Idee einer Gießkanne aussieht; und somit bin ich verloren.

Es ist unmöglich, mit ihr zu gießen. Während ich das realisiere, verwelkt der Garten.

Nicht weit entfernt steht eine Kerze auf einem Teller. Sie jagt mir Angst ein, denn ihre rosafarbenen Umrisse sind überdimensional. Ein gigantischer Docht, dessen verflochtene Fasern Galaxien umspannen, steckt in einem Pflock aus unüberschaubarem, von einem verborgenen Licht erhelltem Wachs.

Über dieser Furcht vor der Kerze auf dem Teller vergehen weitere graue Jahre, vielleicht Jahrhunderte, während derer ich durch ein beschlagenes Fenster in ein Zimmer blicke... ungeduldig mit bekrallten Dinosaurierfüßen in der Erde scharre – mir schwindelt, während sich das Bild auf meiner entzündeten Netzhaut ins Endlose spiegelt und unkontrolliert ausdehnt und mein Körper zugleich anschwillt und sich in unbegreifliche Weiten ausdehnt. Meine speichelumschlungene Zunge schmeckt Millionen von Lichtjahre lang, und mein mit unergründlichen Distanzen gefüllter Rumpf verliert sich in den Weiten seines eigenen, jäh zum Mittelpunkt hin expandierenden Inneren.

Es dauert unzählbar lange, bis ich den Fokus meiner Augen korrigieren und hinter der Kerze auf dem Teller, zwischen den verdorrten Blumen und der zerwühlten Blumentopferde, die Tür ausmachen kann.

Hinter der Tür finde ich Vergessen. Es ist zäh, klebrig und blind. Das Licht in dem Raum schmerzt grell. Schleim dringt in mein Gedächtnis, nimmt mir meine kostbarsten Schätze. Ich stolpere über formlosen dunkelgelben Auswurf, versinke in Fäden ziehenden, sämigen Ausscheidungen. Marksäfte und gallertartige Exkrete ergießen sich auf mich. Mit jedem Schritt löst mein Körper sich mehr auf, ein Vogelbalg, der von innen nach außen gestülpt wird. Alles versinkt im Schlund eines uralten Ekels.

Doch mein Körper ist nicht allein. Da sind noch andere, von schäbigen Gedanken verzerrte Gesichter; glänzende Schadenfreude in den Augen tausenderlei entstellter Fratzen, die mit schäumenden Mündern grölen und schamlose Finger auf Unsichtbares richten.

Aus den Grotten meiner Seele wuchern diese Eindrücke hervor, verschmelzen zu einem fleischigen Wurm, der sich emporwölbt und bald weit über das Erblickte hinausreicht – weitaus Schlimmeres bedeutend als die Abscheulichkeiten seiner Oberfläche. Nein, das darunterliegende, schwerelose Gefühl ist das Grausame; es füllt mir die Kehle bis zum Rand aus und verklebt meine Augen. Sich von ihm abwenden geht nicht. Das Grauen ist körper- und blicklos, allumfassend.

Auch der Wurm versucht, seine zuckenden Lider zu öffnen. Aber wie kleine schwarze Blütenköpfe ziehen sie sich immer wieder zusammen; das Licht, das von überallher zugleich kommt, blendet die Kreatur. Also lässt sie sich fallen und wühlt sich in den Boden. Sie gräbt sich durch Wände, durchforstet die im Himmel verborgene Decke und bricht wieder aus ihr hervor. Unermüdlich bohrt sie sich unter die Oberflächen, nur um diese im nächsten Moment in einer kreischenden Eruption zu durchstoßen, in einem immer krankhafteren Rhythmus. Dieses Wesen in seinem Wüten und seinem Schmerz... Es sieht aus wie die Bälle aus lebendig verknoteten Regenwürmern in den unterirdischen Speisekammern eines Ameisenbaus.

Der bemitleidenswerte Wurm, seine Kopfspitze bohrt er sich ins eigene Fleisch, durchwühlt seine Innereien und taucht blutverschmiert wieder aus sich selbst auf.

An seiner Haut bilden sich Blasen, die unter bestialischem Gestank aufbrechen und in einem Eiterschwall kleinere Versionen des Monsters gebären, die sich sogleich daran machen, die Mutterkreatur anzufallen und aufzufressen.

Meine Augen unter den verklebten Wimpern sind krampfartig aufgerissen. Es ist mir unmöglich, wegzusehen oder die Augen zu schließen, obwohl sie brennen und tränen. Ich will nicht mehr, dass es leidet. Lass es herauf. Lass ihn gehen. Ich lasse dich gehen.

Das Wesen krümmt sich zu einer rot aufflackernden Spirale, in deren Mitte sich ein neuer, dunkler Raum auftut. Und der Wurm versickert, abgekühlt und geschunden, zwischen den scharfen Kanten der neuen Realität.

Im neuen Raum herrscht Stille. Eine Stille, wie sie von geliebten Menschen ausgeht, wenn sie verschwinden. Eine unverzeihliche Schuld erblüht in der Mitte. Strahlend weiße Substanz, die in den Tiefen der Seele wirkt.

Wenn der gute Teil des Lebens der Vergangenheit angehört, zerfrisst das weiße Leuchten alles, frisst es Stunde um Stunde, nur die Einsamkeit spart sie sich bis zum Schluss auf. Wie sich einem solchen Leben voller Schmerz nähern? Wie weiterleben, wenn das Innere rußschwarz ist, wenn es nie mehr ganz erhellt werden kann?

Alles, worauf sich das ganze Wollen dann stürzt, ist eine Veränderung der Chronik. Noch einmal zurückgehen. Es verhindern. Weil man glauben möchte, dass diese Qual, die Pein, die das Herz vom eigenen Körper abtrennt und zu etwas Außerirdischem macht, auch die Macht besitzen muss, die Gesetze von Raum und Zeit außer Kraft zu setzen. Und manchmal, wenn ein Krampfen des limbischen Systems sich zu blankem Wahnsinn hochschraubt und die empfundene Grenze zwischen Möglichem und Unmöglichem zu verschwimmen beginnt, dann glaubt man sogar ganz ernsthaft, man wäre im Besitz dieser Macht.

An dem einen entscheidenden Zeitpunkt, zu dem es noch hätte verhindert werden können, klammert man sich also fest. Dieser imaginäre Moment wird wichtiger als die Zukunft, mächtiger als alles Vergangene. Man hat keine andere Wahl, als für den Moment der Zerstörung zu leben, weil er das feste Bindeglied darstellt zwischen einem Leben, das man annehmen kann, und einem, das einem nicht mehr gehört. Er ist der Fixpunkt im Weltall, der jede Seele aus den Angeln heben kann. Der Augenblick, in dem die Wippe mit den Kindern zu einer Seite kippt. Der Nullpunkt, in dem Kraft und Gegenkraft sich einen unendlich kurzen Zeitpunkt lang die Waage halten, ein Luftanhalten des Kosmos, kurz bevor eine Kraft die Oberhand gewinnt und das Tau zur Seite, den Ball zur Erde, die Rakete in den Himmel zieht.

Ich habe diese Grenze, die Wasserscheide, nach deren Überqueren nichts mehr wie vorher ist, überschritten. Wenn man sich selbst der größte Feind geworden ist, fällt es schwer, sich das Empfinden von Glück je wieder zuzugestehen. Danach kommt nur noch lähmend sich ausbreitendes Chaos.

JAHRESRINGE

Blanker Zorn glüht so unvermittelt auf, dass ich nach Luft schnappe. Seine Heftigkeit schockiert mich, treibt mir Tränen in die Augen wie scharfes Essen. Reste von Schleim und Schuld wäscht das Tränensekret von meiner Hornhaut.

Vor meinen halbgeschlossenen Augen flackern unversöhnliche Bilder auf. Sie nähren ein stilles Feuer. Und ich beginne zu vergessen, dass es eine Welt außerhalb des Feuers gibt. Um uns am Leben zu erhalten füttere ich die Flammen, und meine Phantasie ist unerschöpflich. Alles wütet und zerbirst in Explosionen aus Licht. Blinde Raserei, schmerzende Schlangenhaut. Das Feuer ist machtvoller noch als mein Wille zu überleben. Die

Einheit beginnt sich aufzulösen. Fett brutzelt, und Eingeweide verbrennen. Doch die Qual facht die Flammen weiter an, und der Schmerz übersteigt mich. Schwarzer Schaum rinnt aus den Mundwinkeln über mein Kinn. Die Hitze lässt mich würgen. Zugleich pulsieren Rückstände des Feuers durch meine Venen, pumpen sich in meine Arme, die ich mir schützend vors Gesicht halte, und verdunkeln die feinen ernsten Linien, grün und blau einst, nächtlich. Kohlebruchstücke kratzen an den Wänden meiner Blutgefäße. Mein kochendes Gehirn brüllt.

Ich spucke Asche auf den Boden, erbreche die verkohlten Überreste meiner Schöpfung.

Nichts.

Das Ich hat aufgehört zu existieren.

Das Hasserfüllte und Unversöhnliche schlitzt sich selbst auf, zerreißt sich selbst am Ursprung, ein unerbittliches Rumpelstilzchen zieht sich die brennende Haut vom geifernden Fleisch.

Aber meine Seele ist ein Phönix. Nackt und schwerelos entsteigt sie einem Berg fedriger Asche. Mit jeder Bewegung löst sich ein Stoß bleichen Rußes von ihr ab und flattert nach oben; es sieht fast aus, als würde ihre Oberfläche dampfen. Roh blinzelt das verbrannte Fleisch unter der Ascheschicht hervor. Es reckt seine Elfenbeinnarben nach den frischen, neuen Himmeln.

Langsam beginnen die Steine des Weltenmosaiks zu rotieren und sachte zu schlingern, tanzende Wirbel und Schlieren zu bilden. Zersprengt in Myriaden pochender Muster, bewegen sie sich auf einen kosmischen Kreis zu, der meine Sinne verschließt und mich erschöpft nach innen sinken lässt.

Endlich die Augen schließen.

Eine Blume sein, die verwelken darf. Verwelken, zerfallen. Etwas schläft.

Dunkle Universenleiber klappen zusammen, verschlucken die irrsinnige Welt. Verblassen. Verdämmern. Verlöschen. Aber hinter den gesenkten Lidern tut sich eine unberührte Welt auf.

Ich bin wieder Kind und spiele. Es riecht nach Ameisen, Ebereschen und Brombeeren. Eine Daunenfeder schwebt zu Boden.

Eine Daunenfeder in der Bettdecke ist ein besonderes Ereignis. Alle paar Monate drückt sich eine piksend heraus, man sucht sie, zieht sie am Schaft hervor und da entfaltet sie sich bauschig, und man legt sie in die kleinste der Babuschka-Puppen. Es hat sich nämlich ein Essensstück zwischen den Schneidezähnen verfangen. Mit Zunge und Lippe muss ein Unterdruck erzeugt werden – heraus ist es! Am Tassenboden andererseits klebt ein fingerdicker Rest alten Kaffees. Darauf hat sich eine Schimmellandschaft gebildet. Kreise in unterschiedlichsten Farben, ausgefranste Scheiben. Weiß, grau, türkis gesprenkelt, und, am erstaunlichsten, golden schimmernd. Allemal sehr hübsch. Die Tür macht – Klack –, wenn sie aufschwingt, und ein neuer Patient hereinkommt, die äußeren Geräusche schwellen einen Moment lang an, bis die Tür wieder zurück ins Schloss fällt. Die Wandbilder beim Kinderarzt bringen mich zum Lachen.

Und mein Schatz aus Murmeln, die Glasfiguren und Perlenketten aus goldenem und silbernem Plastik in einem winzigen Kinderrucksack, dessen Existenz ich drei-, viermal vergesse und den ich anschließend irgendwo im Zimmer unverhofft wiederfinde, in einer Kommode oder unter Decken hinter dem Schaukelstuhl. Es jedes Mal aus tiefster Seele nicht fassen können, dass mir etwas so Wundervolles widerfährt…

Plötzlich geht alles zu schnell. Das Leben entgleitet mir, rast dahin ohne Ziel, und schlagartig, in einem allumfassenden Bersten, entreißt mich etwas dem süßen Schlaf, weckt mich auf und alt stehe ich da. Mein Leben aus Träumen geboren, in Träume mein Leben entschwunden.

Da sind andere Sterbende um mich herum und verbrauchter, pfeifender Atem rasselt. Mein Körper krümmt sich vornüber. Der Rücken ist voller Knoten und die Haut an den Armen bildet herabfallende Jahresringe, schöne Bäume, die mir gefallen. Aber dann betaste ich meine Wangen und schrecke vor der Berührung meiner knöchernen Finger zurück.

Von meinem Zimmer aus schaue ich auf einen hell gekachelten Flur. Alles spürt, dort wird er gleich vorbeikommen. Und mein Herz krampft sich zusammen vor Traurigkeit, denn es ahnt bereits, dass es kein guter Anblick sein wird; etwas hat ihn zugrunde gerichtet, er ist nur noch ein Schatten seiner selbst. Erst kommen andere, ich glaube, es sind Wärter. Einer, zwei, drei. Sie führen ihn aus! Oh nein, oh nein.

Zwischen ihnen taucht eine kleine, kaputte Gestalt auf. In hellblauem Kittel, uralt, zerbrechlich, kaum mehr ein richtiger Mensch, Körperteile fehlen ihm, er ist geschrumpft, kaum noch existent, humpelt, muss gehalten werden. *Mein Baby.*

Langsam dreht er den Kopf. Sein Gesicht ist krank und müde, die Haare schlohweiß. Seine Lippen sind verwachsen, zu einer einzigen Hautfläche verschmolzen, durch die hindurch er nur noch wimmern kann. Und das Schlimmste und auch das Schönste ist, dass er unter all dem Leid noch zu lächeln versucht, noch immer versucht mich zu beruhigen, seine gute, geschundene Hülle lächelt mir tapfer zu, *zu spät, zu spät*.

Nur das Schleifen von Gestein oder das Stöhnen eines kranken Tiers sind zu vernehmen. Ein jaulender, unmenschlicher Schrei aus weiter Ferne. Verschwommen blicke ich an meinem nackten Körper herab. Fleischfetzen hängen von meinen Knochen wie gekräuselte Birkenrinde. Die anderen Toten weinen und verbergen ihre Gesichter.

„Sieh mich nicht an", wimmern sie. „Es gibt keine Hoffnung... Es gibt nichts, an das ich glauben könnte, und bald bin ich auch ganz erloschen."

Etwas schwappt aus Lázaros Kehle und ich weiß, diese Sekunden sind die letzten, in denen er mich aus seinen Augen heraus anblicken kann. Danach wird es keinen

Ort mehr geben, an dem ich ihn finden, an dem er zu mir zurückschauen wird, dann ist er für immer fort.

Er wird weitergeführt und verschwindet aus meinem Blickfeld. Gleichzeitig zieht man mich weg.

Eine Rolltreppe hinab. Mir begegnen Gesichter und jedes starrt mich mit einem neuen Vorwurf an, sie starren, starren, und ein bedrohliches Geräusch erhebt sich bösartig aus der Welt, ein Dröhnen, das mit jedem Gesicht, in das ich blicke, lauter wird, bis ich erkenne, dass es eine Frage ist, die da so über allem schallt und lauter und lauter wird, die lärmende Frage, *wäre es so gekommen, wenn wir zusammengeblieben wären?*

Das letzte, was ich sehe, ist mein Arm, der auf dem geriffelten Metall der Rolltreppenstufe landet, denn ich bin zu Boden gestürzt, und ich denke noch, dieser Ton muss gemalt werden, und dann bleibt alles stehen.

LAILA UND MADSCHNUN

Ein heftiges Gefühl der Weite auf einmal, ein Fehlen des Horizonts – die Ahnung eines großen Raums aus hohlem, gelbem Licht. Mein Bewusstsein darin ist ein vager, verängstigter Punkt, unbeweglich, inmitten der sinnentleerten Ausdehnung.

Nackt und verletzt stehe ich da, umgeben von einer lose über die Landschaft gegossenen, murmelnden Menschenmenge, deren verschreckte Grimassen mich vertraut anspringen. So befremdlich bekannt kommen sie mir vor wie mein eigenes Gesicht oder mein eigener entblößter Körper. Diese Menschen sind wir… Lázaro und ich – ins Unendliche vervielfacht. Perfekte Klone, die unsere Köpfe tragen, sich wie wir bewegen, die reden und schweigen wie wir, ununterscheidbar.

Sie alle laufen umher in Verwirrung, mit rastlosen Blicken, setzen sich neben einen Klon hier und halten einen anderen Klon da im Laufen an, plötzlich davon überzeugt, das Gesuchte gefunden zu haben. Manche weinen – rennend oder kraftlos zu Boden gekauert – andere stehen wie versteinert da.

Und mir, in diese Isolation hineingeworfen, bleibt am Schluss nichts anderes übrig, als es ihnen gleichzutun. Überwältigt von dem Drang, ein echtes Gegenüber zu finden, stolpere auch ich los. Ich spreche mit Azizas und Lázaros. Aber da ist diese Leere in der Dunkelheit hinter ihren Pupillen, oder ist es nur die Leere in mir? Ich berühre die Wangen der Azizas und fühle heiße Oberflächen, aber keine Haut. Ich schlinge meine Arme um die Hälse der Lázaros, die hektisch meine Küsse erwidern und ja, der Geruch ist derselbe, der Klang seiner Stimme und die Art, wie er mich ansieht, nichts davon hat sich geändert. Mein Herzschlag beruhigt sich, und für einen Moment atme ich tiefer, erleichtert fast.

Doch schon bald schmecken die Küsse verworrener. Mit jeder Berührung fällt ein Stück Bedeutung von ihnen ab, und ich erinnere mich erneut daran, wer ich bin, erinnere mich an die fiebrige Suche. Worte ernüchtern mich und legen sich tröstlich um meine Lähmung. Erneut wird der Himmel klar und schwerelos, spielerisch. Nun ist alles leicht und gewiss, wenn auch seines Sinns beraubt.

Müde nähere ich mich einer Parkbank, auf der ein junger Mann sitzt. Mit übergeschlagenen Beinen versucht der Lázaro-Klon sich in einer Meditationsübung. Von ihm kann man vielleicht etwas lernen. Er wirkt, als hätte er eine zuversichtliche Einstellung. Möglicherweise können wir uns einmal glücklich machen, in der Zukunft, wenn wir die Umstände unseres Kennenlernens vergessen haben. Es wäre schön nichtsdestotrotz, und immerhin besser als die Einsamkeit.

Als ich mich der Bank nähere, kreuzt von rechts ein anderer Mann meinen Weg. Abrupt bleiben wir voreinander stehen und betrachten uns schweigend. Der Blick dieses Lázaros zieht etwas fort, eine gläserne Schicht oder einen Bühnenvorhang, und bringt mir den Windhauch auf meiner fröstelnden Haut zurück ins Bewusstsein. Eine Linie verschiebt sich, schneidet ernst durch die Atmosphäre. Ganz von selbst beginnen meine Wangen unter seinem Blick zu brennen, diesem Blick, der mich wie ein tiefer Brunnenschacht einatmet. Rasch vergrabe ich mein Gesicht in seinen Händen. Die Geräusche der anderen Figuren sind in den Hintergrund gerückt. Es ist die erste natürliche und wahre Empfindung, die ich seit langem verspüre.

Er fragt: „Wie ist es dir ergangen?"

In der Mitte heller Flammen stehen wir uns gegenüber und halten uns an den Händen wie kleine Kinder.

„In einer anderen Welt tragen unsere Seelen die Namen *Laila* und *Madschnun*", sage ich zu ihm, behutsam. „Die Essenz deiner Seele hat sich dort in der Metapher *Laila* manifestiert. Und die Essenz meiner Seele ist zu *Madschnun Laila* geworden, dem von *Laila* Besessenen."

Eine winzige rote Sonne geht über unseren Köpfen auf, beschattet von zwei Monden im Westen und Osten. Alles glüht, brennt und lodert.

„In jener Welt kannten wir uns bereits als Kinder, wir rannten unter Feigenbäumen den Glühwürmchen hinterher und versuchten, sie zu fangen, erinnerst du dich?"

„Wir haben sie fliegen lassen", erwidert er träumerisch, als würde ein längst vergangenes Bild aus den Teichen seiner Seele aufsteigen.

Ich muss lächeln. Ja, das hatte er.

„Du hast sie fliegen lassen wie ein Dirigent seine Melodien", sage ich.

„Es war ein Feuerwerk."

„Oh ja, das war es. Alles."

„Alles", bestätigt er.

Unaussprechliches tropft von einem Auge ins andere und flutet die lichten Räume in unseren Köpfen.

„Was geschah dann?", fragt er vorsichtig.

„Wir wurden durch das Schicksal getrennt und trafen uns nur noch ein einziges Mal vor unserem Tod wieder."

„Das ist eine lange Zeit der Trennung."

„Es war unser Glück, dass das Leben schnell verging, sodass nicht genug Zeit blieb, um über Richtig und Falsch und das Gewicht der Dinge nachzudenken", sage ich und senke den Blick.

„Aber hier ist unsere Welt", sagt er mit Nachdruck. „Hier entscheiden wir, was mit unserem Schicksal geschieht."

„Ja. Ja. Aber sag – wie können wir beieinanderbleiben, wenn wir unterschiedlichen Welten angehören? Welten, die nach entgegengesetzten Regeln funktionieren und Kriege in uns ausfechten?"

Eine Veränderung wäscht über seine Züge wie Algenschlamm. Er schließt beide Augen, öffnet sie dann in einen anderen Raum hinein. Wut und Erschrecken zeichnen sich auf seinem schlafenden Gesicht ab, sodass ich vor ihm zurücktaumele.

„Ich suche dich", spricht er aus dem Dunkel. „Ich habe Angst... Da ist der Geruch von Schnee."

„Aber ich bin hier. Ich bin doch bei dir. Mach nur deine Augen auf, dann wirst du es sehen."

Meine Hände umfassen seine so fest wie noch nie. Zitternd wie der Morgen auf einem fremden Himmelskörper öffnen sich seine Augen, glitzernd und fern.

„Ich weiß nicht, wohin du verschwunden bist", sagt er wimmernd und seine flehenden Augen zerbrechen in tausend Kristallsplitter. Plötzlich fühle ich mich hart und leer und reiße mich von seinen Händen los. An den Rändern meines Gesichtsfeldes haben sich Wasserpfützen gebildet, die schillern und sich zur Mitte hin ausdehnen.

„Ich kann den Schmerz des Menschseins nicht ertragen", flüstere ich.

Mir ist, als schrien Menschen sich in meinem Innern an. Ein Chor aus schrillen Rufen und Schluchzern, zerfetzte Stimmen, auf denen ich treibe wie auf einem erhärteten Ozean. *Wir brauchen einen Krankenwagen,* rufen sie. *Sonst wird sie sterben.*

„Wir suchen dich. Warum bist du ins Meer gegangen?

Warum wolltest du ertrinken?"

Tränen sind auf seine Lippen gefallen. Ich will ihr Salz berühren, sie mit Küssen trocknen, doch stattdessen brechen nur Worte wie Gischt von meinem Mund ab.

„Manchmal kommt mir das Leben wie ein Wald aus Messern vor", sage ich. „Man rennt und rennt und überall drohen Verletzungen. Das Schlimmste hat man immer erst noch vor sich. Vielleicht wäre ein gleichförmiges Nichts besser."

Er blickt mich mit einem Ausdruck an, der weder Hass noch Furcht ist, der aber beide dieser machtvollen Ströme in einer tieferen Quelle nährt.

„Ich kann dich nicht zwingen, als Mensch zurückzukehren. Niemand kann das Atmen für dich übernehmen."

Es klingt, als brüllte er in einen tiefen Schacht, an dessen dunklem Ende ich zusammengesunken kauere. *Sie ist fort. Es ist zu spät.* Ist das Lyras Stimme?

„Aber ich habe Angst vor einem Leben ohne dich", flüstere ich halb erblindet im Schillern der wuchernden Pfützen. „Ich kann nur ein guter Mensch sein in Gleichgültigkeit. Ein meinungsloser Spiegel vergraben am Meeresgrund. Woher kommen diese Stimmen? Mein Hals hat glühende Kohlen verschluckt und mein Brustkorb steht in Flammen. Ich muss mich entscheiden. Die Finsternis umschlingt uns wie feuchte, lichtlose Erde."

„Ja, du musst dich entscheiden."

Er keucht, als ob ihn etwas fürchterlich anstrengen würde. *Zieht ihn von ihr weg. Er bricht ihr den Brustkorb.*

Seine Stimme ist nun nicht mehr als ein leises Flehen, so zart und unnachgiebig, dass es mir noch bis in die letzten Winkel meines Bewusstseins folgt, mich darin aufspürt und wütend an mir zerrt.

„...Solange du es möchtest. Solange es geht. Und mit dir die Schönheit des Waldes erkennen. Aber dafür musst du jetzt aufwachen.

Wach auf.

Wach auf."

Für Unterstützung, Kritik und Inspiration bedanke ich mich bei: Petra Stein, Kristof Alt, Sara Stein, Dr. Arno Stein, Margot Stein, Margarete Alt, Tony Alt, Lena Frings, Chiara Hennig, Jan Mauren, Simon Spieske, Rocío Reyes Gómez, Urmat Muratov, Victoria Kühne, Dr. Bernhard Hartung, Lukas Meisner, Dr. Joachim Blum, Haider Mehmood und Kadri Emil Söndgen. Mein besonderer Dank gilt außerdem Michael Heitz und Sabine Schulz für ihre vielseitige Unterstützung bei der Veröffentlichung dieses Buches.

ISBN 978-3-0358-0353-2
© DIAPHANES Zürich 2020

Alle Rechte vorbehalten

Druck und Bindung: Steinmeier, Deiningen
Layout: 2edit, Zürich

www.diaphanes.net